魔女姫クレアは人形と踊る

身の回りで大国の陰謀やらが蠢いてますが、
ぶっ潰して大切な人達と平穏で幸せに生きたいと思います

1

著 小野崎えいじ　画 daichi

Contents

プロローグ　老剣士と魔女

大陸南方のロシュタッド王国と、北方のヴルガルク帝国。二つの大国の間に跨《またが》るように広がる『大樹海』は魔の森だ。

昼尚《ひるなお》暗く、深い森は強力な魔物が跋扈《ばっこ》する人外の魔境と言われていた。王国と帝国が直接ぶつかり合うことがないのは、この緩衝地帯が存在するからでもある。

その一方で森の中にはいつの時代の物とも知れない遺跡が点在しており、そこには金銀財宝が眠っているのだと言われている。一攫千金《いっかくせんきん》を夢見る冒険者や野心的な貴族、食い詰め者達の心を引き付けてやまず、無謀な者達が森深くに立ち入っては帰らぬ人となっている。

実際に古代遺跡より古代の金貨や宝石を持ち帰った者も過去にはいたのだ。深い傷を負い、瀕死《ひんし》の状態で村に辿り着いた男は、財宝を見つけたのだとうわ言のように病床で繰り返していたが、死ぬまでその場所を明かさなかった。

それ故、その遺跡のある場所は不明で、無謀な挑戦者が後を絶たない理由にもなっていた。

それよりも少し身の程や現実を知る者は、森の浅い部分で弱い魔物を駆除したり薬草を採取することで日銭を稼いでいる。大樹海は確かに人の力の及ばぬ魔境ではあるが、人々にとって日々の糧や資源を生み出す恵みの森という側面もあるのだ。

そんな大樹海の南西部にて。

「騒がしいねえ……。また森に馬鹿共がやってきたのかい」

黒い鍔広《つばひろ》の帽子とローブという出で立ちの人物の背丈は大人の半分ほど。その身長より長い杖を携える老婆は薬草を採取する手を止めて、遠くから聞こえてきた爆発音に眉を顰《ひそ》めた。

「誰かが火球の魔法でも使ったのかい？　火事にでもなったら後が面倒だ。一応は様子を見に行っておくかね……」

そう独り言ちると、溜息をついて手にしていた杖で地面を軽く叩く。茂みや木々が、老婆に道を空けるように脇に除《よ》けられた。そうして歩きやすくなった森の中を、老婆は悠々とした足取りで音の聞こえた方向へと向かった。

森を抜けていくと、やがて現場に到着する。そこは酷い有様だった。

森の一角が焼けて木々や肉の焼け焦げた臭いや血の臭いが立ち込め、あちこちに人と魔物とが倒れているのも目に入る。既に死肉漁りの弱い魔物や小さな魔物が集まり始めていたが、老婆が杖にぼんやりとした光を宿すと、その場から蹴散らされるように逃げていく。

「……あー。こりゃ酷いもんだ。しかもこいつは隠密の結界符かい？　備えをしてきたってのに何かトチったかね」

そう言って老婆は眉根を寄せる。その視線の先には木の根元にもたれるようにして事切れている男がいた。

深い爪痕を肩口から刻まれており、それが致命傷になったようだ。

お守りのように隠密の護符を手に握りしめているが……一度看破されてしまった隠密の術に意味は

ない。

改めて術を展開し直さなければならないが、使ってしまったはずの札を握りしめているというのは、この男にその技術はなかったということなのだろう。

破壊と殺戮《さつりく》の痕《あと》は、更に森の奥へと続いている。老婆は未だに煙を上げている場所に杖を向けて、一つ一つ確実に小火を消していく。

消火をしながらも破壊の痕跡《こんせき》を辿るように老婆は進んでいくが、次第にその表情が曇っていく。倒れ伏している者達の中に、明らかに刀傷によるものと思われる者や魔法の犠牲者と思われる者が紛れていたのだ。どうも単純に魔物に襲われたというわけではなさそうだ。

仲間割れかそれとも――。

明らかに戦いに向いていなさそうな若い女も転がっていて、これは魔物に殺されたのか、爪の痕が刻まれていた。

面倒事の予感に老婆は顔をしかめる。だが、まだ煙の上がっている箇所がある。剣戟《けんげき》の音や破壊音が聞こえてこないということは、戦い自体はもう終わっているか膠着《こうちゃく》状態なのだろうと判断し、老婆は更にそちらの方向へと歩みを進めた。

そこに転がっていたのは、剣で首を断ち切られ、焼き焦がされた大きな狼の魔物と、同じく剣で斬られたと思《おぼ》しき魔術師の死体。それから、剣を地面に突き立てて座り込む老いた剣士であった。その半身は焼け焦げて、あちこちから出血しているが、まだ息があるようだ。

「まだ……誰か……いるのか」

老婆が近付くと剣士が呟くように言って剣の柄を握る。そして顔を上げ、そこに佇《たたず》む老婆を認めると、怪訝《けげん》そうな面持ちになった。

「少なくともあんたの戦ってた奴らじゃあないねえ」

「どうやら……そのようだ。森の奥には……黒き……魔女が住んでいるとは聞いていたが……」

そう言って、浮かしかけた腰をしんどそうに下ろす。老剣士は深手を負っていた。致命傷だ。治療を施そうにももう体力が持つまいと魔女は表情に出さずに思う。

「まあ……あたしをそう呼ぶ者もいるさね」

老婆——魔女は警戒する様子もなく老剣士から少し離れた場所で立ち止まる。

「……もし、魔女殿さえ良ければ頼まれてはくれぬか。手持ちのポーションは使ってみたが、血を流し過ぎたようでな。どうも……気力だけでは持ちそうにない」

「面倒ごとは御免さね」

「そこを曲げて、どうか……。あるものは、なんでも持っていって、構わない……。俺の後ろにいるお方を……どうか……。主《あるじ》より、お預かりした……大事、な……」

老剣士の言葉は、そこまでだった。頭を下げる仕草のままで続く言葉はなく、気が付けば荒い呼吸も聞こえなくなっている。

「……おい」

魔女が呼びかけるが——老剣士からの答えが返されることはなかった。

魔女はかぶりを振ってから老剣士の背後を覗く。

誰もいない――わけではない。隠密結界を杖で払い、木の洞《ほら》に隠されるように匿《かくま》われていた人物を見やって……魔女は目を見開いた。

「はあ……。面倒ごとは御免だと言ったんだがねえ……」

溜息を吐《つ》く。老剣士に匿われていたのは赤ん坊だったのだ。

しかも、どう見ても訳あり。魔女が察するに、先程見た若い女は母親か乳母であり、戦っていた者達は刺客であったのだろう。

老剣士達は何かしらの事情により、追手を避けるためにリスクを承知で大樹海を逃走経路に選んだのだと思われる。それを察知した追手が追い付き、隠密の結界符を突破して戦闘状態となった。

そうなれば――大樹海の魔物達は人間の事情などお構いなしに襲ってくる。その結果がこれだ。暗殺や人捜しは玄人《くろうと》であったのだろうが、大樹海での振る舞いは素人《しろうと》だった。

いや、仮に一行の抹殺が目的だったとするなら、本懐は果たしたと言えるのか。ただ一人生き残った赤ん坊がどうなるのかなど、自明《じめい》の理であるから。

では、自分はどう動くべきなのか。老剣士の頼みを聞く義理はない。知る者は魔女以外におらず、このまま何も見なかったことにして帰っても魔女を責める者はいない。そうなれば赤ん坊は飢えるか、魔物に見つかるか。どちらにせよ助かるまい。

赤ん坊を育てるにせよ、人里に連れて行ってどこかに預けるにせよ、厄介ごとに巻き込まれる可能性はある。

第一、どこかに預けても察知されるに違いない。赤ん坊の容姿――目の色が特徴的だ。その情報を基に聞き込みをすれば年月を経ても見つけるのは容易だろう。

追手を動かせるような連中が本気を出したら、村落や孤児院のような場所で匿ったり守り切れるとは思わない。

ではは自分が育てるのか？　食事は？　世話は？　体調を崩したら？　赤ん坊はとかく手がかかる。

「食事は——あー……。丁度乳の出る山羊がいるねぇ……」

庵《いおり》の周りで飼っている山羊《やぎ》のことを思い出してしまった魔女は、もう一度大きく溜息を吐いた。

「……だが、赤ん坊にしちゃ、感じられる魔力は大したもんだねぇ」

後継者が欲しいなどと魔女は思っているわけではなかったが、一から育てた弟子というのがいたとして、どの程度のものなるのかには興味が湧いた。

「……あんたらは後回しだ。墓ぐらいは作ってやるから待ってな」

老剣士に向かってそう言って杖で地面を叩くと、その場所を中心に放射上に光の輪が広がっていく。

魔物除けの術を一帯に施した魔女は赤ん坊を腕に抱え、残っていた小火も消火しながら歩き出すのであった。

第1章　月下の人形繰り

大樹海には黒き魔女が住む。王国の北部、トーランド辺境伯領に住む領民達や冒険者達には知られていることだ。

大樹海全体で言うと南西部――やや奥まで分け入ったところに黒き魔女の庵は存在する。

森の一部が開かれたそこは柵で囲われており、その中には畑もある。果樹も植えられているし井戸もある。

鶏や山羊といった家畜の飼われる小屋まであり、大樹海を知る者がその牧歌的な光景を見れば、本当にここが大樹海の奥なのかと衝撃を受けるだろう。

勿論、奥とは言っても大樹海全体で見ればまだ浅い場所だ。それでも生半可な者が立ち入れる位置に存在しているわけではない。庵の主である魔女が余人を遠ざけているからと理解されているが、それも間違ってはいない。

その庵の内部――大鍋の前に小さな人影があった。

黒いケープ付きのローブを纏《まと》った、長い髪の人物。黒き魔女が住むという話だけを聞いている者であるなら、その人影こそが庵の主だと思うだろう。

だが、その小さな姿は黒魔女ではない。その弟子だ。帽子の下にある顔を覗けば、まだ年端もいかない少女であることに気付くだろう。

少女は――腕に小さな人形を抱えていた。美しいが表情に乏しい少女だ。

魔女本人はその近く。目の届く位置に腰掛けている。

「それじゃあ始めな。昨日教えた傷薬の調合からだ」

「分かりました。ロナ」

少女が答えているのに、その口は動いていない。腕に抱いている人形の口が動いた。腹話術の類だ。

ロナと呼ばれた魔女が監督する中で、少女は大鍋に水を注いで火に掛け、薬の材料を決まった手順で大鍋に入れて薬を作っていく。時折かき混ぜつつ薬液の反応を見極め、最後に術を掛ければ完成となる。その間、ロナは手順に間違いがなければ口出しはしない。見ているだけだ。

最後の工程で少女が術を掛け、紫色の煙が上がって完成するというその瞬間。

ロナが軽く掌を合わせて音を立てると、そこから魔力の波が広がった。

風船が破裂するような音と共に少女の身体の周りで何か――不可視のものが弾ける。

「あ」

少女――ではなく腕に抱えられた人形が声を上げてロナの方に視線を送るが、魔女は肩を竦《すく》めた。

魔女を見る少女の明るい茶色の瞳が、アメジストを思わせる鮮やかな色合いに変化している。髪の色もだ。光の加減によって銀にも見える薄い色のブロンドで、神秘的な色合いだった。

「薬が完成するからそっちに気がいったね？　気が抜けた時、集中している時ってのが防御の甘くなる瞬間さね。認識阻害だからまだマシだが、これが隠密や防御の魔法だったなら、破られるとそのまま致命的な状況になるよ」

「先が長いですね」

人形がそう言いつつも、少女が認識阻害の術を展開し直し、髪と目の色が明るい茶色になる。

「そりゃそうさね。理想は、眠っていても無意識に解除を防げるようになることだからね。というわけで、術が解けちまったからあんた固有の術《あれ》やゴーレムは抜きで外の仕事をしてきな。基本的な練度を上げてりゃ術《あれ》の強度も上がるし、魔女だろうがなんだろうが、最後に物を言うのは体力だからね」

「分かりました」

「薬のほうは……まあ使い物にはなるかね」

大鍋を覗き込むロナの言葉を受けながら少女は庵の外へ向かう。

家畜小屋から山羊を連れ出し雑草を食べさせて、畑や井戸、小道周辺の除草をさせながらも作物や有害な植物を勝手に食べないよう、そして脱走しないように監視する。

時折山羊に触れて行動をコントロールする少女の動きは、その仕事に手慣れているというのを感じさせた。

よく見れば山羊に触れた時に魔力の輝きが瞬いており、それで山羊に意思を伝えているか、或いはその行動をコントロールしているのだと分かる。

山羊が作物を避《よ》けて動くのを見ると人形が満足そうに頷き、少女がその頭を撫《な》でる。やがてその作業も終わると、山羊を家畜小屋に送っていき井戸から桶に水を汲み、畑に撒《ま》いたり水瓶に飲用水を足したりと細々とした作業を進めていった。

水汲みも水撒きも、どこかしらに魔力を用いていることは、見る者が見れば気付くはずだ。例えば井戸の滑車を少女が引く手には魔力が込められて腕力が増強されているし、大きな水桶を持ち上げる時も、水撒きの際も同様である。

作業補助のための身体機能の増強。体力増強と魔力の扱い。それらを同時に鍛える方法だ。地味な内容ではあるが確実に効果が出るやり方である。

並行して鍛えられるとはいえ、それを日常の作業に継続して混ぜて長時間続けられる、というのは十分な量の魔力があるからだ。少女のそれは標準から大きく逸脱していると言っても良い。やがて諸々の仕事を終えて、少女が庵の中に戻る。

「外の仕事、終わりました」

「ふむ。じゃあ一旦休憩を挟んでから昼にするかねえ」

そう言ってロナが腰を浮かすが、人形がぎぎぎとぎこちなく視線を向けてその首を横に振った。

「私が作ります」

「別に今は休憩していても良いんだがねぇ」

「……ロナは味をあまり気にしませんから……。昨日採ってきた食材からすると……今日はあれだと思いますし」

「くっく。薬草粥《がゆ》だから魔力の回復を速める効果があるんだよ。それに、あれはあれで慣れると苦味と臭いも乙なものなんだがねえ」

ロナがにやりと笑う。

「……味と臭いもなんとかしましょう?」

「ま、粥は特別なものじゃないから調理の仕方で効果が大して変わるわけじゃないだろうさ。クレアの好きにしな」

ロナは愉快そうに肩を震わせてからクレアに台所を譲る。クレアは人形をこくんと頷かせてから台所に向かい、用意された食材をどう使おうかと思案するのであった。

――ロナの目から見たクレアは、物心ついた頃から大人しく内気な子供であったと思う。

子供の世話に際して覚悟を以《もっ》て臨んでいたロナだ。

確かに赤ん坊だった頃の身の回りの世話は予想していた通りで、ロナとしてもそれなりに苦労をしたが、ある程度育って物心がついてから普通の子供に出てくる好き嫌いだとか躾《しつけ》だとか、そういった部分に関しては拍子抜けするほど手がかからなかった。

物心ついたあたりになってからは、物静かで表情にはかなり乏しいが、聞き分けが良くて手がかからなかった子だったと記憶している。賢くはある。それに表情は乏しくとも、感情の起伏はそうではないようだ。殆ど顔に出さない、人形のような少女だった。

トイレや飲用水など、生活に関することは教えれば一度で覚えるし、無闇に物を口に入れたりしないし散らかしたりもしない。森の魔物について言い聞かせれば柵の向こうに行きたがることもなく、目の届くところにいる。

育てる側としては楽で良いが、大人しいだとか分別があるだとか賢いだとか、そういう言葉で片付けるには違和感があったのは事実だ。

言葉遣いにしても文字を教えつつ本を読み聞かせていたら、当時読んで聞かせた書物の登場人物を真似たのか、たどたどしいながらも丁寧なものになっていた。別に悪いことではない。本の影響かと思っていたし、育つうちに普通になるだろうと思っていたが。

クレアは、一つ教えればまだ教えていないことまで予想して行動しているように見えた。それは育っていく中で経験から学んでいくことだとロナは思うのだ。

天才であるならば或いはそういうものなのかも知れない。文字や計算を覚えるのも早かったから、クレアは性格も含めてそうなのだろうと思っていたのだ。

そんな中で、クレアは魔法――特にゴーレムに対して強い興味を示していた。

ロナは畑仕事や力仕事に土ゴーレムを利用している。簡単な命令で自律行動させられるため、任せられる仕事とそうでない仕事に分かれるが、使い方を間違えさえしなければ便利なものだ。

大人しいと言うか、マイペースなクレアだったが、ゴーレムを見た時は少し身を乗り出し、食い入るようにその動きを見ていたのが印象的だった。

「ろなおばあちゃ。あれ、は……なんですか？」

「ゴーレムさね。魔法で動く土人形だよ」

「ごーれむ……まほう……」

言葉を覚えた頃も、ゴーレムについてはそんな風に質問された。これが山羊等に対してもそうなら好奇心が旺盛《おうせい》だからとも言えたのだが、例えば山羊に対しては可愛がっているものの、珍しがっているとか初めて触れ合って感動をしているといったようには見えない。

無論、自身の魔法の技術、知識を伝えようと思っているロナからすれば、クレアが賢くて分別があることに不満はなく、魔法やゴーレムに強い興味を示していることも望ましいと感じていたが。

そうした小さな違和感に答えが出たのは、ある夜のことだ。魔法の扱いも教えていこうと座学と瞑《めい》想《そう》、簡単な術式を教え始めた頃の話である。

月の美しい、静かな夜だったことをよく憶えている。

「……なん、だ。魔力？」

小さな魔力を感じて、ロナは寝台から身体を起こした。

庵の外からだ。トイレは母屋の外に作られている。クレアが起きて母屋を出ていったようだが……と、ロナは立ち上がって様子を見に行く。

大した魔力の量ではなかったが、何か感じたことのない魔力の使い方だったのが気になる。

こっそりとロナが魔力の出所を覗けば――そこには衝撃的な光景が広がっていた。

幼い少女が小さな土の人形を踊らせていたのだ。その指先からは細い魔力の糸が伸びていて、足元の土の人形の四肢に繋がっている。

お辞儀をし、くるくると回り、飛び跳ね、舞い踊る土人形はまるで生きているかのようだった。月明かりの下で幼い少女が人形を踊らせる、幻想的な光景がそこにはあった。

予想もしていない光景だった。様々なものを見てきたロナが思わず息を飲んで見入る程の見事な技術。そう、魔法ではなく技術だ。見ていて気付いた。

驚くべきことに、クレアは人形を魔法で踊らせているのではない。糸は土人形が崩れないように保っているだけで、あくまでも手と指、糸の動きで人形を操作している。技の熟達が必要なことであり、初めて感じる波長のこの術を、どこかでこっそりと練習していたとは考えにくい。

まだ魔力の偽装も隠蔽《いんぺい》も教えていないのに、ロナに隠れて行うというのは不可能な話だ。事実、クレアはその魔力を無警戒に垂れ流しにしている。

まだ理由は分からないが、それまでに感じていた違和感の正体もそこにありそうだとロナは得心した。

では、糸の術そのものは？　あれだけの精緻な形に魔力を整えるのは中々に難易度が高い芸当である。ましてや、それで人形を操るなど――。

（――あれは、固有魔法か……！）

固有魔法。その答えに行きついたロナの背筋にぞくぞくとした感覚が走った。

感じたことのない波長の魔力。起きている現象に見合わない規模の消費量。

あの糸は固有魔法だ。望んでも得ることの叶わない、他者には再現不可能な天性の魔法。それをクレアは持っている。

固有魔法を有しているというのは、他の術師には得ることのできない手札を一枚多く持っているようなものだ。

どんな特性を持っていて、何ができるのか。興味は尽きない。そしてそんな才覚を持つ子供を、一から鍛えることができるという、師としての喜び。

自身には得られないものを持つことへの羨望《せんぼう》と、そんな原石をどれほどのものに仕上げることができるのかという期待。

そういった諸々の感情や先々の予想にロナの口元に笑みが浮かぶ。

クレアの人形繰《く》りはまだ続いている。踊る仕草を見せる人形が、時折クレアに向かって移動して慌ててクレアが避ける仕草を見せたりと、コミカルな掛け合いまで交えて、演出としても観客を飽きさせない工夫が凝らされているのが見て取れた。

最後に――誰もいない観客に向かって、クレアと揃ってお辞儀をして見せる。それを見届けたロナは表情を普段のそれに戻すと、拍手をしながらクレアの前に出ていった。

「ろなおばあちゃ……」

クレアは驚いたようだったが……少しバツが悪そうに俯《うつむ》いた。

「くっく。別に怒ってやしないさ。中々良いものを見せてもらったと感心してるぐらいさね」

ロナが笑って見せると、クレアは少し安堵《あんど》した様子だった。だが、尋ねるべき部分は尋ねておかなければならない。

「とはいえ……あたしに話をしてないことがあるね？」

「はい……」

「まあ……その辺は明日聞かせてくれればいいさ」

「わかり、ました。あの……ろなおばあちゃ。わたしが、もしふつうとちがったら」

おずおずとクレアが尋ねてくる。クレアは内気で大人しいほうだが、ロナは一緒に暮らしているのだ。必要なことがあるならロナに対してはそこまで物怖《ものお》じしないということを考えれば、あまりロナにも見せない態度と言えるかも知れない。表情はほとんど動いていないが、少し不安そうにも見える。

「普通が良いのなら、あたしゃここで暮らしちゃいないよ」

ロナが肩を竦《すく》めると、クレアは目を何度か瞬かせた後、やがて頷く。それから、クレアはロナと共に母屋に戻り、寝床に就くこととなった。

そしてその明くる日——。

朝食を摂り、家畜や畑の面倒を見たりと、身の回りのことを諸々済ませてから、ロナは改めてクレアと話をする時間を設ける。

「さてさて。それじゃ話を聞かせてもらおうかね」

「はい」

一晩置いたということもあり、クレアはなんと言うべきか、しっかりと考えてきたようであった。あまり間を置かず、昨晩ロナが見たものについて舌足らずながら話をし始める。

「わたしには……ここ、じゃないくにでくらしていた、いまのわたしではない『わたし』の、きおくがあるのです」

そんなクレアの答えは——ロナとしても明かされれば納得のいくものだった。ここではない場所。知らない何者かの記憶。

違和感に「だからか」という明確な答えが現れる。

「ろなおばあちゃにいわれたことを、どうしてなのかってかんがえると、だいたいきおくのなかから『こたえ』がでました……。でも、それはふつうとはちがいますから」

「なるほどねえ」

そこがロナに明かせなかった理由になってくるのだろう。生まれ変わり、という考えはあるし、ロナにも理解できる。

気持ち悪いと受け取られ、拒絶されたくない。異端だと言われて迫害されたりすれば目も当てられない。なまじ常識や知識に裏打ちされた記憶があるから、余計に身の回りの人間に明かせないと思うのは不思議なことではない。

「だが、そこまで理解していて、なんだって昨晩は人形を踊らせてたんだい？」

「きおくのなかで、『わたし』はにんぎょうをおどらせていて……それがすごくたのしそう……いえ。たのしんで、いました。おなじことがわたしにもできるって、なんとなくわかって……。がまんは、していました。でも……」

固有魔法故に、理屈を学ばなくても動かせると直観したのだろう。そして……その固有魔法自体、どういうやらクレアの前世に密接に関わっていそうだ。

「ふうむ。それで、やってみてどうだった？　楽しかったかい？」

「――はい。とても」

少し考えた後でクレアはロナの目を見て答える。

「それは何よりだ。しかし人形を操ってたってぇのは、旅芸人か何かかかね」

「たびげいにん……はい。たびはしないけど、そういう、かんじです。げきだんにいたけど、そのげきだんがつぶれてしまいました。そのあとはまちかどでにんぎょうくりをしたり、どうがはいしんとかしていました」

「ドーガハイシン？」

「えーっと……ひとにげいをみせて……きにいってもらえたら、おかねがもらえる……ほうほうのひとつ、でしょうか」

ドーガハイシンとやらの説明に難儀している様子のクレアである。

「ま、そのへんの細かいとこはともかくとして……あんたにとってあれが楽しいって言うなら続けたら良いさね」

「いい……のですか？」

ロナを見上げるクレアの表情は変わらず。しかしその目はキラキラと輝いているようにも見えた。

「……誰に迷惑をかけるようなものでもなし、憚《はばか》る必要なんかないさ。あの糸に関しちゃ色々できそうだから、あたしとしても使い方を考える手伝いはしよう」

「ありがとう、ろなおばあちゃ……！」

「だが、あんたの育て方に関しちゃ少し考える必要があるね。知らない場所、知らない誰かの記憶が頭の中にあったとして、そいつの常識や知識を基に出した答えってのが、今この時代、この場所にそぐわない可能性ってのはあるんだ。頭の中で勝手に納得してそこで終わらせてると、思わぬところで踏み外すこともある」

「はい」

少し思案した後でクレアが首を縦に振る。知識や経験から来る理解でもあるのだろうが、その辺に思い至り、言われたことに納得ができるあたり、やはりクレアの地頭は良いのだとロナは感じる。

そもそもロナが先程伝えた言葉は、本来クレアの歳では理解できない内容だ。

育て方に関して考えるというのはそういう意味でもあって、本来の年頃の幼子に一から教えるような方法を取るのはクレアの事情を知ればいかにも効率が悪い。ただ、やはり常識を擦り合わせる必要はあり……そのためには――。

(ま……しっかりと話をすることかね。子供ではあってもそうでない部分もある、か)

クレアの精神年齢は見た目より高い。常識について理解させるのは必要なことだと思えた。

「あと、あたし以外の奴に迂闊《うかつ》に今の話を明かすのも止めときな。黙っていた判断は間違っちゃいないよ」

「わかりました」

ロナの言葉に真面目な顔で応じるクレアである。と言ってもクレアの表情はほとんど変わらないが。

知性的で理性的。高い教育の程度も窺《うかが》える。恐らくは平和な国に住んでいた知識層の子どもなのだろうとロナは当たりをつけた。

ともあれ、クレアに対して覚えていた違和感については正しかった。だが、実際のところは早めに把握できたことで、大きな問題にはならなさそうだとロナは思う。

それどころか、上手くすれば術者としてより強くクレアを鍛えることができる。内気でもしっかりとした分別や判断力があるのなら、ある程度危険な術を早い段階から教えていくことが可能になるからだ。魔法の門弟の修行において時間がかかってしまうのは、精神や知性の成熟を待たねばならないという点もある。

だから、この時点でクレアの秘密について情報を共有できたのは素晴らしいことだと、顔には出さずロナはほくそ笑み、当人はこれからも人形繰りができることが余程嬉しいのか、にこにこと喜びを露わにしたのであった。

そうやって、クレアの魔女修行生活は幕を開けた。

ロナの教育方針は、基本的にはどこであれ生きていけるようにする、というものである。

他人との関わりを持ちながら生きたいというのであれば薬草を採取し、それを薬として調合して売り物とすればいい。魔女の保有する技術や知識が売り物になるというのなら、占いや雨乞いが日々の生活の糧を得る手段になるだろう。

逆に人目を忍んで静かに生きていきたいというのであれば、狩りや自衛の手段を学べばいい。それらは全て魔女として大樹海で暮らし、修行する中で手に入るものであると言える。

そうした魔女としての修行の中で最初にロナが教えたのは、魔力の基礎修練と自身の身を守るための術や知識だ。

「あんたの髪と瞳の色は人前じゃ目立ちすぎるから術や薬を使って隠しな。少なくとも、とりあえずしばらくの間は、だ。その色は魔女や術者として悪いことばかりじゃないが、下手をすると奴隷商人やら同業者やらに狙われるよ」

「どうぎょうしゃ……がねらうのは、どうしてですか？」

奴隷商人が狙うというのはクレアにとっては分かりやすかった。珍しい髪や瞳の色というのはそれだけで値段が付くからだ。

ロナは敢えて言及していないが、クレアの容姿自体もそこには含まれて来る。珍しい髪や瞳の色だけでなく――顔立ちが整っていて、浮世離れしている。

「……主に魔法の触媒としてだね。髪や目、歯や爪や血。そういったものを使う暗い術。呪いってのも世の中には存在してるんだよ」

首を傾げるクレアにロナが説明すると、その表情が心持ち引き締まったものとなった……ような気がする。クレアの表情は普段あまり変わらないが、長い付き合いだ。よく観察していれば機微にも気付けるし、表情は動かずとも顔の色には出る場合もある。その反応にロナは十分だというように鷹《おう》揚《よう》に頷いた。

勿論、ロナとしてはそうした呪いから身を守るための術というのも優先的に教えていくつもりではあった。

実際には髪や瞳の色を偽装する術と隠密結界をまず教え、その上で基礎訓練をみっちりと行うことで、生活をしながら意識せずに、身を守る術を一日中維持できるようにすることを目指す。

並行して阻害や看破への対抗法の練度を向上させることで、魔法そのものの強度、精度を確実に底上げしていくというわけだ。

クレアの実力がつけばついただけロナは高度な妨害の術を叩き込む。基礎訓練や強度、精度の底上げに終わりはないのだから。

――記憶。クレアには自分ではない自分の記憶があった。

地球という星。日本という国。そこで暮らしていた誰かの記憶だ。生まれ変わりだとか輪廻転生《りんねてんせい》という概念も記憶の中にあったから、現状とは全く繋がらない過去の記憶も、そういうこともあるのだろうとあっさり受け入れられた。

どうも以前の自分はパペッティアや操り人形師と言われる職に就いていたようだ。日本でも珍しい職業だと思う。芸を人に見せる職であるから、就くのが難しい割に儲かるわけではない。

それを知りながらも自分の仕事にしようと思った切っ掛けは……幼い頃に大病を患って入院をしていたことから始まる。入院患者の慰問公演にやってきたパペッティアの女性の公演に……そう、強く魅せられたのだ。

小さい頃から長期的に入院していた少女には、友達がいなかった。身体が弱い自分に自信が持てず、内気で大人しい。趣味もあまりなく、祖母から入院中寂しくないようにと貰った人形だけを大事に抱えているような。そんな子供時代だ。

パペッティアの人形繰りに魅せられたのは、だからなのだろう。人形がパペッティアと掛け合いをして、歌い、踊り、おどけてみせて、活き活きと動いている様。腹話術で話している様。人形が友達になってくれたようで、少女にとっては灰色だった世界が色づいて見える程の衝撃だったのだ。

気が付いたら公演を終えたパペッティアのところに向かい、そんな風に上手く人形を動かせたら楽しそうだと、どうしたらパペッティアになれるのかと質問していた。

パペッティアは質問をしてくる子供を邪険にすることもなく、親切に答えて、人形の操り方を教えてくれさえした。初めてにしては上手いと褒められて、とても嬉しかったことが強く記憶に焼き付いている。

個人的な繋がりを得て、歳の離れた友人になり、初心者向けの操り人形を誕生日のプレゼントに送ってもらって、そのまま師弟関係になった。

成長して身体が丈夫になってからもその関係は続き、本当に本腰を入れてパペッティアを目指すのならば劇団員になるのが良いと聞いて、将来をどうするかの心はほとんど決まっていた。

両親には反対された。それはそうだ。芸を人に見せるだけで食べていけるのかという意見はもっともなものであったから。

それでも反対を押し切り、バイトをしながら人形繰りの修行をして。それから正式に劇団に所属し、師と共演する形で舞台にも立った。師と共にホテルのショーやイベントなどにも呼ばれて仕事を貰ったりもした。

それほど大きな劇団というわけでもないので副業もせねばならず忙しくはあったが——パペッティアとしては充実していたと思う。

私生活でも操り人形の素体を手に入れてハンドメイドでカスタマイズし、朝から晩まで操り人形漬けの生活ではあったがとても楽しかったのだ。

そんな日々に水を差したのは、他ならない劇団の運営に携わっていた人物だ。

公演で借りる劇場に支払うはずの資金や、劇団員に支払うための給与を横領して行方をくらませて大騒ぎになり……劇団は活動停止を余儀なくされてしまったのである。

信頼していた仲間がそんな事件を起こしたことは悲しくもあったが、それで道を諦められるならば最初からそんな茨の道を選んではいない。

何より人形繰りが楽しいからこそ困難はあれど続けてきたのだから。内気で口下手で、人前であまり上手く話せなくとも人形繰りは声を出さなくてもできる。腹話術とその掛け合いでならば、思うように振る舞うことだってできた。

ストリートライブをしたり、自前の人形で動画配信をしながらもパペッティアとしての活動を続け——続けて。

無理が祟《たた》ったのか、元々身体が弱かったからか。ある日胸の苦しさを覚えて倒れてしまった。床に転がった操り人形が壊れていないか、汚れがついたりしていないかを心配しながらも、そこで意識は途切れている。

その後は、クレアとしての記憶に続く。きっと、自分はあのまま亡くなってしまったのだろうと受け止めていた。

残念……だとは思う。

家畜小屋の掃除や畑の面倒等、朝の仕事をしながらもクレアはふと心に浮かんできた過去の情景を振り返る。

人形繰りを指導してくれた師には腹話術ではなく自分の言葉でお礼を言いたかった。進路のことで両親とは意見が合わず、上手く言葉が出なかったから疎遠になってしまっていたが仲直りはしたかった。優しくしてくれた祖母。パペッティアの自分を応援してくれた人達。配信を見に来てくれたリスナーにだって伝えたかった言葉はある。

ただ――今はそこまで悲しいだとか悔しいだとか、強い感情はない。

今の自分に生まれ変わって時間が経って感情の整理がついているというのもあるし、戻れるわけがないというのもあるが、自分自身がしたいことをしてきた、その結果だからだ。そこに、後悔はない。元々覚悟を決めて進んだ道だったのだから。

今はどうかと言えば、人形繰りはロナに許されているし楽しいのだが、そればかりやっていられるような甘い環境や状況ではなさそうだった。

そもそも今住んでいる場所自体が危険地帯の真っ只中だ。雷を纏《まと》ったまま遠くの空を飛ぶ大怪鳥だのを見てしまえば、危機感も湧く。

では街に住めば安全なのかと言えば、それも違うとロナとの座学の中で理解した。

王侯貴族や魔物がいる世界だ。人権が保障されている平和な世の中というわけではないし、それで回る世相でもあるまい。

多かれ少なかれ自衛の手段は必要となってくる。その先のことを考えれば――自衛ではなく、しっかりと戦える力というのも必要になるだろう。

どちらにせよ身体が丈夫なのは素晴らしいことだ。自分に技術や知識を伝授してくれる師にも恵まれている。特に自分に前世の記憶があると知って尚、師が受け入れてくれるというのは、ここが危険地帯であることを差し引いても、この世界ではこれ以上を望めない環境だと言えた。

ロナは魔法の修行を本格化させるにあたって話をしたのだ。自身がお婆ちゃんと呼ばれることに対して「どうにもむず痒《がゆ》くってねぇ」と言っているし、さりとて師匠や先生などと敬称で呼ばれるのも「柄ではない」ということで、互いに呼び捨てということで落ち着いた。

ただ教える側、教えを受ける側、互いに気構えを持ち、分別を付ける必要はある。だからクレアは魔法の指導を受ける時はそのつもりで臨んでいる。

その上でロナはクレアの内面を認め、無闇に子供扱いせず、ある意味で対等な扱いをしてくれているのだ。人形があると落ち着くし言葉も伝えやすいのだと言うと、街で操り人形も手に入れてきてくれた。年頃の少女が持っていてもおかしくない、可愛らしい女の子の人形だ。

そうやって自分の生き方を尊重してくれるのはロナ自身の他者に対するスタンスでもあるのだろうし、どこであれ生きていけるようにするという修行の方針にも表れているものだとクレアには思えた。

幸い魔法の使い方は感覚で分かった。生まれつきの固有魔法で本能的に理解できたというのもあるし、それがあるから前世にはなかった感覚――魔力を感じ取ることも容易だったのだ。魔力は身体の内側にも流れているし、外にもある。地球で暮らしていた頃とは異なるものがそれだ。

動植物。無機物。空間。そこら中に宿り、漂っている。それら外にある魔力も自身の内側の魔力で干渉して利用することができた。ロナ曰く、そこまで感知して干渉するに至るのに、魔法を習い始めて早くとも5、6年、普通なら10年はかけなければならないものであるらしい。固有魔法は本能的に使い方を理解できる。だからこそ魔法に天性の素養があるとは言われているが、それでも図抜けているようにロナには思えた。

そうして朝の仕事を終えて、庵に戻るとロナが言った。

「さて――それじゃ今日は朝食の後はちょっと休んでから、大樹海だ。薬草採取に庵の外に出かけるよ」

「庵の外……」

予想外の言葉に一瞬固まるクレア。ロナはこつんと杖の石突で庵の床を叩くと、魔力の波が瞬間的に広がった。偽装や隠密結界をはぎ取る妨害術だ。

クレアはたたらを踏みこそしたが、その波に偽装や隠密結界を維持したままで耐えてみせた。それを見届けて、ロナは言葉を続ける。

「ふふん。今の妨害術が防げるんなら、一先《ひとま》ずは明日行こうとしている場所なら問題ないってこった。だが、明日からはまた妨害術の構成を変えるからね」

「分かりました」

クレアが腕に抱える少女人形――クレアはこっそりとリリーと名付けて呼んでいる――が頷く。ロナの妨害術は耐える度に強度が上がったり種類が変わるのだ。また対応のために求められる難易度が上がるのだろう。

——ロナがクレアに対し、基礎修行の指導を始めてから数年が経過していた。

庵を出て大樹海での活動を行うというのは、ある程度の練度の隠密結界や阻害術、そして自衛の手段が形になってきた、とロナが判断したということであり、目途が立ったら外に出るとも予告していたことでもある。

魔法の基礎修行に加え、大樹海の歩き方。出現する魔物の知識、薬草を始めとした各種素材の分布や見分け方、錬金術の基礎といった座学もみっちり行われている。

実際に庵の外へ出て活動を始めるというのは、ロナが同行するとは言っても実践に他ならない。死んだら——いや、命は助かっても取り返しのつかない怪我を負うことだってある。準備をし過ぎるということはない。

それに……大樹海での活動が単独で可能になったとしても、その先だってある。

大樹海の外がクレアにとって居心地のいい場所だとは限らない。寧《むし》ろあの老剣士達のことを考えれば大樹海同様、危険と隣り合わせだとロナは思っているぐらいだ。

人々の暮らす村や街。周辺国の情勢と歴史。王侯貴族や商人、領民、冒険者達、それぞれの考え方と性質。

生きていくために必要となる知識、教えなければならないことは大樹海や魔法や占い、錬金術以外にも多岐にわたる。それらも座学の中で一般常識という形でロナは教えているものの、実際に村や街に行ってみなければ実感として分からない部分は多い。

しかし、修行と教育を施す側としてロナが楽しんでいるというのは事実だ。

最初こそ老剣士に押し付けられた厄介事であったかも知れない。

だが、経緯がどうであれ自分の判断で納得して引き受けた以上は、ロナの魔女としての矜持《きょうじ》にも関わる話だ。

これでもし、クレアに適性がなければ。そしてクレアの抱えている事情がなければ。一人前の魔女を名乗れる程度の形にして終わりだったかも知れない。

だが、予想外の原石が期せずして転がり込んできたのだ。それを自分好みに磨き抜いて良いという状況に心が躍らなければ、魔法を志す者の一人としては情熱が足りていないとロナは断じる。

というわけで大樹海に出ることを告げたロナはここまで準備をしてきて大丈夫だと判断しているのだ。しかしいきなり外出を告げられたクレア側としては突然と感じているようだ。表情には出ないまでも緊張していると判断して良いだろう。

第2章　初めての狩猟

「――さて。それじゃ、今日の目標だ。薬草の群生地まで行く。素材を採取してきて、それらで何か薬を2種類作る、魔物を見つけた場合は――そうさね。あんたの手に負えそうなら任せるし、無理なら避けるとしよう」

ロナは薬草採取用の小さな鞄をクレアの肩からかけるとそう伝えて、その辺りまで散歩にでも行くというような軽い足取りで戸口に向かう。

「……魔物……。糸の術は使ってもいいのですか？」

腹話術で尋ねてくる。人や人形の表情は変わらないのに角度や身振り手振りなどで感情や自己表現をしてくるクレアである。クレアとのコミュニケーションは、実際に人形を与えたことでとてもしやすくなったというのは事実だ。人形を介した腹話術のほうがクレアの会話は流暢《りゅうちょう》で量も増えるというのはロナにとって面白くもあったが。

「あんたの力だ。自分の判断で好きに使って構わないさね。ただ、奥の手や切り札を見せるのならその後のことも考えときな」

「分かりました。手札の見せ方や切り方は考えます」

強い魔物を取り逃した場合、しっかりと記憶されるので後で面倒なことになる、というのがロナの教えだ。クレアは手中に魔力の輝きを宿しながらもロナに続く。

庵の周囲を囲っている柵は、見た目はなんの変哲もない木で作られたものだ。ただ、庵全体を強固な魔物除けの結界が囲っており、外と内を隔てるという意味では城壁のようなものだ。

逆に言えば、柵から一歩外に出ればもうそこは大樹海だ。クレア自身の展開した結界や魔法で身を守らねばならない。そのことはロナから言い含められていたことでもある。

「ま、今日は初めての大樹海だからね。あたしがやってることを真似ながらついてきな」

ロナはいくつかの術式を展開して自身に施す。クレアは同じ術をロナに続いて起動した。それを見届けると、クレアに木造りの門扉を開けるように促してくる。

頷いたクレアは一旦目を閉じて大きく深呼吸してからそれを開く。

そして——結界から一歩外へと踏み出した瞬間に、周囲を包む空気の変化を肌で感じた。

景色はしっかりと見えているのに方向感覚が失われていくというのは、クレアにとって前世も含めて初めての経験であった。

小道は鬱蒼《うっそう》とした森の中へと続いている。

「それじゃ行くよ」

「いつでも」

これまでに伝えられてきた大樹海の歩き方を思い出しながら、クレアはロナの後に続く。ロナの行く手を阻んでいた茂みが、左右に分かれて道を作った。森歩きの術だ。重複してしまうために後ろに続いている今は意味がないが、クレアも同じ術を展開させている。

二人のその掌の上には光の羅針と小さな点。針は方位を。光の点は庵の方角、その色は庵からの距離を指し示す。通常の方位磁針は大樹海では役に立たないからこうした術式を組んで現在位置を把握する。もっとも、この術はロナには必要ないのだと言う。

魔物との戦いを避けるには、隠密結界も必要だ。

これにはいくつか種類がある。まずそこに何かがあると思わせない認識阻害型。

人払いの術と呼ばれるのもこの系統だ。なんとなく忌避感を抱かせたり、注意を払いにくくさせたりするというもの。

これが俺の周辺に展開しているような強い魔物払いの術だと、忌避感どころか危機感すら抱かせて遠ざける形となる。

自身を不可視化する、或いは幻術、幻覚を被せる擬態型というのもある。

ロナとクレアが今展開しているのは自身を中心とした複合型の結界だ。

結界外の対象の認識に働きかけ、森を進む際に動く茂みを認識させない。音や臭いを漏らさず気配を察知させない。そういった隠密結界の術であるが、結界の内側にいるクレアにはロナの姿も認識できている。

それに魔物との不意の遭遇を避けるための探知系の魔法。

これらは常時発動させ続けるというものではなく、一度かければ一定時間構築した術のプログラム通りに維持され続ける。

今回の探索で用いられている術式は全てそうした性質だが……これは術者の負担を減らす半面、想定外の状況に対応できなくなる可能性があった。

「まあ、大樹海歩きの初心者用さね」

というのがロナの弁だ。世間の常識は違うが。

ではロナの言う一人前だとどうなるのかと言えば……臨機応変に対応できる術式を多重起動していくという形になる。実際にロナはそうすることができた。通常の隠密結界で対応しきれない魔物が近付いた時は種類や状況に応じて変えるのだ。

クレアにはまだそこまでの芸当はできない。いや。術の再現自体はできなくもないが、その維持に手一杯になってしまって探索しながらというのは難しい、というのが正確なところか。今回、クレアは大樹海の奥地に向かうわけではないので別に問題ないだろうというのがロナの見立てであった。

大樹海の浅い方角にはそこまで貴重な薬草があるわけではない。奥地——大樹海の中心部に向かえば向かう程、魔素が濃くなり、貴重な素材を得やすくなるもののその分危険度が増していくのである。

ただ、今日の目的は素材採取の実践だ。

薬草の群生地がある方角へと進みながら、ロナは当たり前のように道中で発見できるものを杖で指し示していく。

「あんたの探知系にも小さい魔力が引っかかってるだろ。反応の仕方を理解したなら、次からはあんたが見つけて採取しな」

「はい。小さい反応ですから気を付けていないと見逃しそうですね」

「ま、その辺は慣れさね」

今のクレアが初心者用の魔法セットでないと探索できない理由の一つがこれだ。術式の維持に精一杯では、小さな素材の反応を感知し切れない。

薬草にキノコ。虫やトカゲのような小動物。それらをクレアは採取していく。

採取の仕方も間違っていないかロナがしっかりと監督している。

例えば傷薬の原料になる薬草の一部には、特徴がよく似た毒草と入り混ざるように自生していることが多々あり、見分けるには根まで掘ってその形状をしっかりと確かめる必要がある。

そうやってクレアとロナは静かに大樹海の中を進んで行く。時折探知のコンパスに強い魔力の反応があり、クレアの表情には緊張が走るもののロナは何食わぬ顔で立ち止まったり、或いは進む方向を少し変えて対応する。

感知した魔物は今のクレアでは手に余る。或いは安全マージンが確保できないという判断なのだろう。クレアから見ればここまでに感知した魔物よりも、ロナのほうが遥かに強いと感じられるのだが、自分が狩猟するとなれば話は別だ。

――そして無事に薬草の群生地に辿り着いた。道中で採取した素材と合わせれば調合に必要とする分には届く見積もりだ。

クレアは何本かの薬草を採取し、終わったことをロナに伝える。

「ふむ。まあ、ここまでは及第点かね。採取の仕方もそうだし、歩き方もだ」

「歩き方？」

歩き方は習っていたが、ロナという手本が同行しているならその辺は評価点になるのだろうかとクレアは不思議そうな表情――というよりもただ首を傾げて、疑問に思っていると示す。人形も共に首を傾げていた。

「魔物を感知して戦力差も理解してただろ？」

「はい。ロナの迂回の仕方も、お手本を示してくれていると感じていましたが」

「そうだ。魔物の魔力反応と、その種類までは結びついてないだろうが、そういうのは狩れそうだと思った時に確認すりゃいい。見た目と対処法についてはもう教えてるからねぇ」

「危なそう、面倒そうと思ったら相手をする必要はない、でしたね」

「あたしもあんたも兵士じゃない。どうしても今すぐ素材が必要とかじゃないなら、狩れる相手を狩ればいいのさ。……で、こっちだ」

ロナはそこまで言うと大樹海の一方向を指差し、にやりと笑った。

「この先にあんたでも勝てそうなのがいる。発見したからには狩りにいくよ。覚悟はいいね？」

「……おおう。初めての実戦です」

同じ術を使っていても、ロナの探知範囲はクレアより広い。ロナが立ち止まったり進行方向を変えたりしていたのは、クレアがしっかりと魔物を感知し、戦力差を理解した後でのことだ。

そうしてロナと共に魔物を感知した方向へと進んで行く。

少し進むと、クレアの探知範囲にも魔物らしき反応が引っかかる。クレアがぴくりと反応するとロナが尋ねる。

「感知範囲に入ったようだね。どんなことが読み取れる？」

「樹上にいますね。しかも複数。これは――枝から枝に飛び移るような動き……で、こっちに移動中のようです」

クレアの答えに「十分さね」と頷く。

「あんたには既に教えている魔物でもある。あたしゃ手を出さないから一人で狩ってみな」

「分かりました」

ロナの言葉に短く答え、クレアの目が半眼になる。

隠密結界で自分の姿を隠しながら先に探知できるということは、接敵までに戦闘のための前準備ができるということでもある。

魔物が向かってくるなら待ち構えての狩りだ。状況はクレアにとって有利と言えた。

深呼吸をして体内で練り上げた魔力をその両手に。クレアの交差された両手に青白い輝きが宿る。

普段腕に大事そうに抱えている少女人形《リリー》が、地面に下りてクレアと共に臨戦態勢を示すように身構えた。

十分な魔力を込めたところで、四方八方目掛けてクレアが腕を振るって術を放つ。微細な光のラインが、樹上のあちこちに広がり、そしてすぐに薄れて見えなくなった。

魔法の糸。クレアの固有魔法だ。

中空に掲げるように交差させた両腕を伸ばし、その指を広げたままでクレアは動きを止めて、その時を待つ。そして――。

ガサガサと枝の揺れる音が近付いてくる。獣の鳴き声もだ。

枝から枝へと飛び移るように移動してくるそれは白い猿の魔物の群れだ。赤い瞳を爛々《らんらん》と輝かせ、鋭い牙と爪を備える、ブラッドエイプと呼ばれる魔物種だ。

群れで行動し、性質は好戦的。獲物を見つけると集団で樹上から襲い掛かり狩りを行う。村などの小規模な集落において、人畜に大きな被害を出すこともある危険な魔物である。

個々の力はそこまでではないが、大樹海という環境下では厄介な手合いと言えた。

本来ならば――クレアのような子供が森の中で出会って助かるような相手ではない。ましてや、戦うなど論外だ。

視認できるような距離。だがクレアは動かない。ゆっくりと、深く呼吸をしながら。はっきりと何を見るでもなく、遠いところを見るような様子で、向かってくる猿の群れを見上げたまま待つ。

「……まだ。もう少し」

そして、その時が来る。

「――ここです」

クレアは静かに言うと、掲げていた両腕を握り込むと同時に振り下ろす。その瞬間に。

猿の群れに向かって、四方八方から光の矢が叩き込まれた。クレアのアイデアを基にロナと共に開発した糸魔法――そのバリエーションの一つ。『糸弓』だ。

糸の性質を変化させ硬質な部分を形成。これを疑似的な矢とし、木々の間に張り巡らされた糸を弦として番える。後は糸を操作して引き絞り、然《しか》るべき時に解き放つ。

無数の悲鳴が樹上のそこかしこで上がった。猿達は手ぐすね引いて待ち構えていた射手の集団の中に飛び込んだようなものだ。

十字砲火。しかし一匹一匹に対して精密な狙いをつけるような方法ではない。群れの大部分は光の矢で貫かれて絶命したが、撃ち漏らしが2匹、絶命を逃れた個体が3匹。

突然の攻撃に吠え声を上げげて、生き残りが視線を巡らす。攻撃を受けたと認識した段階で猿達への隠密結界の影響も限定的なものとなる。

すぐに茂みの傍に佇む少女の姿を認め、迷わずにそちらに向かって殺到してくる。

クレアにとっては、その展開も予想の範疇《はんちゅう》だ。手をあらぬ方向に伸ばし、人差し指を曲げると、その動作だけで人形と共に中空に飛んだ。

予備動作も何もない。不自然極まりない動き。それだけに俊敏な猿達でも予測できず、追い切れない。

張り巡らせた糸はあくまでも魔法だ。接続した木々を人形に見立てて操作することで、木そのものにクレアを引っ張らせたというのが動きのタネだ。

進行方向の枝を除けながら宙に舞い上がったクレアは、猿達の頭上を取って眼下を睥睨《へいげい》する。

猿達は枝から飛び掛かるようにクレアのいた場所に攻撃を仕掛けていた。つまりは未だに宙にいて無防備な状態になっているということ。自身の姿を囮《おとり》に、再びキルゾーンに誘い込んだ形だ。その、瞬間。猿の顔には確かな驚愕《きょうがく》と、仲間の末路を既に見ていることからくる、死への怯えが見られた。

しかしクレアは躊躇《ちゅうちょ》しない。戦いの場に臨んだ以上はそうしない。

「終わりです。私の糧になってください」

クレアが翳《かざ》した手を握り込めば、再びその空間に、光の矢が降り注いだ。

2度目の十字砲火。最初の攻撃で生き残ったブラッドエイプ達は悲鳴を上げることもできずにそのまま全滅した。

宙に浮いたクレアは探知魔法で猿達の生き残りがいないかを確認すると、再び隠密結界を補強して地面に下りる。

それを見届けて、不可視になっていたロナが姿を現し、静かに頷く。

「ブラッドエイプ、で合っていますよね？」

「ああ。初の実戦がこれなら上々さね。相性的に問題ないとは思ってたが、蓋を開けてみれば危なげもなかったねぇ。まあ、よくやったよ」

もし狩りの光景を見て、二人の会話を聞く者がいたとして。クレアの年齢がおよそ十歳前後でしかないと知ればその者は衝撃を受けるだろう。

有利な状況で待ち構えての狩りだったとは言え、魔法の使い方や保有する魔力、術式の殺傷力といったものが一般的な同じ年頃の魔術師見習いの水準から逸脱している。

しかもまだまだクレアは発展途上なのだ。多彩で実戦的な術を無詠唱で使いこなしている様はさながら熟練の魔法使いのようではあるが、固有魔法はそもそも詠唱を必要としないものだ。その部分は生来クレアがコツを掴《つか》んでいたことではあった。

ロナから見てどうだったかと言えば——不安要素はあるが、実力面の問題はないと見積もっていた。

実戦で竦《すく》んでしまうようなことや、気性から手を止めて反撃を許してしまうようなことがなければ問題ないという評価だ。だからこそ、そういったことが起こらないよう、狩りや戦いに際しての心構えやその切り替え方、集中の仕方といった方法も指導し、その必要性も説明してきた。

幸いなことに、前世で芸を人に見せていたクレアは、そういう失敗が許されない場に臨むという経験が既にあったのだ。そうした教えの意味を理解しているクレアの精神年齢の高さは、ロナにとっては指導しやすい部分であった。

後は……舞台でのそれを、実戦場面にどう応用するかという話でしかない。

「はあ……緊張しました」

表情を変えず、口も動かさずにクレアは言う。胸を撫で下ろしたのは人形のほうだ。実際に人形が安心しているようにすら見えるのはクレアの技量だろう。

「本番での集中力や気持ちの切り替え方は結構なもんだったよ。適度な緊張ってのも集中には必要なもんだしね。それじゃ、猿共から素材を貰って帰るとしよう」

「了解です」

人形が首を縦に振り——素材回収の作業に移る。

クレアの指先から魔法糸が伸びて、あちこちの木々や茂みに接続されると、それらが人のように動き出し、そこかしこで剥《は》ぎ取りのための作業を効率的にこなしていく。

木や土など、周囲の環境を利用して即席の武器や労働力にできるというのは単純に便利で強力な固有魔法だと言える。

クレア自身も……ロナが狩ってきた魔物から剥ぎ取る作業を既に履修済みなので手慣れたものだ。

「あと何回かは大樹海に同行するが、慣れたら大樹海での素材採取や狩りも一人で行かせるからね」

「それも前々から予告されていたことですね」

ロナがこれから先の話として宣言していることでもある。クレアも一度大樹海を体験したからか、人形のほうが覚悟はできているというように力強く頷いて応じた。

「ああ。だが、こいつは念のためって奴だ。持っておきな」

そう言ってロナがクレアに軽く放り投げてきたのは……何か、黒いガラス質の石が嵌《はま》ったペンダントだ。クレアには正体は分からないが、強い魔力が秘められているのは感じ取れた。

「これは？」

「お守りみたいなもんさね。あんた一人じゃどうにもならない状況になった時、どうにかしてくれるって代物だよ」

「ん……。あり、がとうございます、ロナ」

腹話術ではなく……自分の口でそう言って、大事そうにペンダントを握るクレアである。

「……ま、あと何回か経験を積めば、問題はなかろうよ。重ねて言っとくが、奥地には近付くんじゃないよ」

「奥地は……領域主、ですね」

「そうさ。性格にもよるだろうが、縄張りに踏み込まなくても感知されたら狩りとしての攻撃をしてくるかも知れない」

「分かりました。こっちが感知したら距離をとりつつ隠れて逃げます」

「それでいい。どでかい魔力がそれだからね。眠りこけてたって飛び起きるさ」

領域主。大樹海の奥地で確認されている特に強力な魔物達の総称だ。自分の縄張り周辺の環境を作り替えて、そこに潜んでいる主だ。

領域と呼ばれるそこは、多少環境が変わるという程度ではなく、異界化と呼んで差し支えない程の変化を起こしている。

踏み込んで生きて帰った者が極少数であるために、詳細が分かっていない部分が多いものの、少なくとも外から見てそうと分かるほどに環境や魔力が変化している。だから間違えて迷い込んだり近付いたりすることはないだろう、というのがロナの弁であった。

無論、クレアとしてもそれらの場所にわざわざ近付くつもりはない。

薬作りや錬金術、占いに雨乞いといった様々な技術を学んでいるのだ。一攫千金《いっかくせんきん》を夢見て危険地帯に踏み込む理由がないし、名誉が欲しいからとそういった場所に踏み込むという性格でもない。

自分の趣味や楽しみは今のところ人形作りと人形繰りで完結している。ロナ以外の他者にも見せて楽しんでもらえたらという考えもないではないが、それは大樹海と結び付くようなものでもない。

他には——守りたいものや、大切にしたいものがあるぐらいだ。

クレアが少し昔のことを思い出しながら作業をしているうちに、素材回収も終わる。魔物を集めないよう残滓《ざんし》を土に埋めてから、二人は庵へと戻っていったのであった。

それからクレアの日々の修行に、森での各種素材の回収や狩りも追加されることとなった。

日常の中で魔力を用いる基礎修行は今まで通りだ。ロナに週1、2回ぐらいの頻度で課題を貰うという新たな修行は増えているが。

課題というのは薬の調合や錬金術や料理に必要な素材を大樹海で集めて持ち帰り、それらを使って期間内に指定の物品を作る、というものだ。

必要な素材の中には魔物の素材も混ざっていて、必然的にクレアは目標となる魔物を狩ることとなった。

持ち帰ったそれらの素材を調合したり料理に使ったりという修行の日々を過ごしていたクレアであったが、そんな日常に変化を齎《もたら》したのは、やはりロナの一言からだった。

「さて。今日は人里に出てみるかねぇ」

「おー……ついに人里デビューですか」

腕に抱えられた少女人形が興奮したように両拳を握るような動作を見せる。

「デビュー？」

「初登場とか初舞台的な意味です」

「ふむ。あんたのとこの前世の言葉かえ」

「ですです」

そんな会話を交わしながら二人は外出の支度を進めていく。鞄に薬や素材を詰めて、携帯食や水を確保したら準備は完了だ。

「人里に出て、やることは分かってるね？」

「はい。私が作った薬や狩った素材を売って、ロナの知り合いの商人と私の顔を繋ぐ、ですね」

「そうだ。それによってあんたは生きるための最低限必要なことを一通りこなした形になるってわけだ」

　最低限必要な技能と知識の一通り、だ。あくまで最低限。憶えるべきことや向上させなければいけないことはまだまだある。

　例えばもっと使える魔法や作れる薬、狩れる魔物の種類を増やし、固有魔法の研究開発を進める。それに……クレアが追われていたことを考えるなら、今の世情についても詳しくなっていたほうが良い。出自について考えを広げるならば、それに見合った知識や技能――例えば相手や場面に応じた礼儀作法や舞踏など――ももっと学んでいく必要があるだろう。

　方針としては今まで通りではあるが、修行内容をより高度なものに発展させ、クレア自身の過去が絡んで来そうな部分に対しても備えておくというわけだ。

（とは言うものの、ねぇ……）

　世情だとか礼儀作法だとかは、ある程度のところまでは教えられるし、実際に座学の上で触れてはいるが……大樹海で隠者のように暮らしているロナの得意とするところではないのだ。

　今に繋がる過去の歴史については教えている。国々や王侯貴族の歴史を教えれば現在の世情を推測することにも繋がるだろう。

　だが、少し前のことならばまだしも、今現在の当主やその子弟の性格や評判がどうだとか、どこそこの景気の良し悪しだとか、そういった時事情報にはロナとて詳しいわけではないのだ。

(ま、折角街まで出るんだ。集められる範囲で情報でも集めておくかね)

ロナはそう言った内容について詳しいであろう知己《ちき》や書店を頭の中で思い浮かべながら、クレアと共に庵を後にした。


「……ところで、ロナはどうして大樹海で暮らしているのですか?」

大樹海の外へと向かう道中、クレアの抱える少女人形がなんとなく、といった様子で首を傾げて尋ねてくる。そうやって話をしながらも、周囲に展開している隠密結界や探知系の魔法の集中は乱れていない。修行の成果がしっかり出ていて、大樹海での歩き方もきちんと身についているのが窺えた。

「……そういう生き方をしてきたから、かね。面倒な輩《やから》と関わらないで済むってのもあるし……大樹海で暮らすことは魔女としても術者としても修行になるってのは分かるだろ?」

「はい。人目を気にしないで研究もできますからね」

「それも利点の一つさねぇ。そのお陰であんたの固有魔法の研究と開発も大分進んだ」

「色々応用が利く性質だったというのもあります」

クレアのアイデアや知識を基に、ロナが魔法の組み立て方を指導して開発するといった形だ。固有魔法はそういうところがあるが、クレアのそれは特にそれが顕著な性質を備えていたというのもある。

「それに魔力が濃い場所で暮らし、そこで得られた糧を食べて生きるってのも、魔力を高めることに繋がるのさ。あんたの場合は生まれ持っての魔力量でもあったがね」

クレアの少し先を行くロナは肩を竦める。昔のこと、自身のことはあまり語らないロナではあるが、少し考えた後で言葉を続ける。

「――魔女の究極の目的ってぇのは話してなかったかね」

「究極の目的？」

「そうだ。あくまであたし以外の魔女の話さ。カビの生えたような教えで、あたしにとっちゃ全く以て趣味じゃないんだがね」

ロナは語る。魔女は魔力の濃い自然の中で暮らし、そこで日々の糧を得て修行し、周囲に同調して自らを高めていくものなのだと。

「最後には土地に住まう精霊になったり、古木なんかと一体化して霊木だとかになるんだとさ」

「精霊……霊木……」

そうした生き方は……クレアの前世の知識に照らし合わせるなら、なんとなくドルイドっぽいなと、クレアは思った。

ドルイドは地球では魔女と呼ばれて迫害された歴史がある。この世界で魔女と呼ばれる者達は、特段迫害されているわけではないが。

「そんなのを目的にして生きて、何が楽しいのかって話さね。そういう魔女の教えに反発して、あたしは修行が終わったら、さっさと里から出て都会に行ったのさ。魔女は元々一人前になったら独り立ちするもんだし、そういう意味じゃ都合が良かったかね」

「おお……ロナの若かりし頃……」

「そこで気の合う仲間や友人もできた。そいつらがまあ、冒険者って奴でね。あたしはそっちの仕事を本職に考えてたわけじゃなかったが、何度かその縁で力を貸したり、あたしも便利に使って一緒に探索をしたり……そうして大樹海にも挑むなんて話になってね」

それから、色々あってこっちに居着いちまったってわけだと、ロナは肩を竦めて言葉を続ける。

「気が付けば大樹海で里の魔女みたいな暮らしをしてたと思ったら、弟子までとってるんだから、先のことってのは分からないもんさね」

肩越しに振り返って、にやりと笑うロナである。

「そこは有難いと思っています」

「くっく、ま、色々興味深い弟子ではあるかね」

首を傾げるクレアにひとしきり笑った後で、ロナは少し真剣な表情になる。

「だがねぇ、クレア。魔女に育てられたからって、あんたは別に魔女としての生き方を選ぶ必要はないんだ。あんたの思うようにするといい」

「私の……思うように」

「そうだ。したいことがあるのなら、あたしに遠慮することはない。こんだけ手間暇かけて育てたってのに、俺で誰にも知られず腐ってるってのも、いかにも勿体ないからねぇ」

ロナが立ち止まり、振り返る。しばらく二人は向き合っていたが、やがてクレアがその目を見て頷いた。

「そう、ですね……。ちゃんと考えておきます」

修行の方針を考えるなら確かにそうなのだ。独り立ちし、自分で生きていけなければ修行の意味がない。その上で思うようにして良いというのは……クレアを認めてくれているからこそでもあり、ロナの考え方、生き方に基づくものでもある。

「それでいい」

クレアの返答を受け、ロナはにやっと笑って身を翻して歩みを進める。

「ちなみに、魔女の独り立ちというのはいつ頃でしょう？」

「大体、14、15歳ぐらいかね。やがて伴侶を見つけて里に戻ってくるのさ」

「そう、ですか。伴侶はともかく、したいこと……はあります。けれど、それで庵を出ていっても、時々は顔を見に戻ってきても良い、でしょうか？」

「……ま、好きにすりゃ良いさね。あたしも弟子の成長の度合いには興味はあるからね」

「はい。そこは好きにしますね」

そんな会話を交わす二人。ロナは前を進んでおり、互いにその表情は見えない。

そのまま二人は大樹海の中を進んで行く。進行方向の木々や茂みが勝手に避けていくために、二人の移動速度はかなり速い。たまに迂回したり立ち止まったりすることはあっても、直線でほぼ最短距離を移動しているために、大樹海を踏破しているとは思えない速度であった。

やがて——大樹海の「外」が見える。

「おおお……」

クレアの動きが固まり、人形が声を上げた。鬱蒼とした木々が途切れたかと思うと、一気に視界が広がり、明るい場所に出る。そこは——草原だった。遠くに山々。草原の間に道が続いている。明るい陽光の下で風が吹いて、草花が風に揺れる。大樹海のすぐ近くということを除けば美しい光景であった。

第3章　領主の城塞

「綺麗な景色ですねぇ……」

「大樹海の中にいると、確かにこういう風景は見られないね」

しばらくの間、クレアは眼前に広がる光景に目を奪われていた。クレアとして生まれてからは初めての光景だ。前世を含めてもこうした自然豊かな平原を自分の目で見る機会が多かったわけではない。

少ししてからクレアがロナに視線を向ける。

「ふむ。もう良いのかい？　大樹海を抜けたわけだが、ここがどこか分かるかえ？」

「ロシュタッド王国の北東部。トーランド辺境伯の領地の外れ？」

進んできた方向から見当をつけて少女人形《リリー》が答える。

「そうだ。まずは一番近い村に行くよ」

その回答に満足げに頷くロナ。草原の道に向かって歩き出し、クレアもそれに続いた。

トーランド辺境伯。ロシュタッド王国の北東方面を守る名門だ。精強な騎士団を抱える質実剛健な武闘派……というのが一般的な評価である。

だがロナに言わせると、そういった気風の者は戦闘狂、もしくは戦闘馬鹿になる。

当主、その妻。三人の子供。そのどれもが大樹海の魔物との戦いの際は自ら前線に立つような性格をしているらしい。性格だけでなく実力も高く、一番下の子は固有魔法を使えるという噂もあった。

そんな貴族家に率いられるトーランド辺境伯麾下《きか》の騎士団もまた、勇猛にして精強。トーランドに弱卒なしとの声高い。

そうした気質や実力も、王国の北方の守り――大樹海の魔物と対峙《たいじ》するには必要なことなのだろう。

大樹海を挟んだ北方のヴルガルク帝国に対する鎮護という意味合いもある。

とは言え、辺境伯家の武力が向けられるのは専ら魔物に対してなので大袈裟に警戒する必要はない。

……少なくともロナにとってはという但し書きがつくが。

ロナは様々な薬を作る技術を持ち、大樹海に詳しい魔女だ。辺境伯の面々が軽んじるような真似をしないのは、ある意味当然のことだと言えた。大樹海の魔物と相対しているからこその実力主義でもある。

草原に作られた道を小一時間程歩いていけば、やがて村が見えてくる。

村に近付いていくと、見張り台の上にいた村民がロナに向かってお辞儀をする。

ロナは大樹海から最も近いこの村に対して時折薬を売り、魔物除けの結界の強化をしていると言う。

クレアを同行させるのは今回が初めてのことではあるが、時折長時間大樹海を出て村に滞在もする。

つまりクレアは留守番を任されることもあった。

村に恩を売っとけば得だからねえというのはロナの弁である。

見張り台の村民は何事か村の中に身振り手振りをしながら声を掛けていたが――やがてそれを受けてか、柵の向こうに初老の男が現れる。

「これは魔女様……！」

「ああ。いつも通り薬を売りに来た。この子は弟子のクレアだ。クレア、村長だよ」

「えっと……はじめまして」

「これはご丁寧に。魔女殿にお弟子さんがいらっしゃるとはお聞きしておりましたよ」

帽子は脱がず、ほんの少しだけ鍔《つば》を上げてお辞儀をする。

あまり人里で顔は見せないようにとロナに言い含められているからだ。髪や瞳を偽装しているとは言っても、容姿から何か察する者もいる、かも知れない。何か言われたら、見習い魔女のしきたりとでも答えればいいとロナからは言われている。

クレア自身、知らない人と目を合わせなくていい、顔を合わせなくていいというのは助かる話だ。

村長は畏《かしこ》まった様子でクレアに自己紹介をする。弟子相手でも改まった対応をしてくれるあたり、ロナが敬われているというのが窺えた。

「今日持ってきた薬はクレアが調合したものさね。効果については、いつもと変わりないってのは師として請け合うよ。品質が同じである以上無駄に安売りする気はないが、村人にもクレアが作ったものだってのは伝えとくれ」

「なるほど。分かりました」

村長が頷く。村人達の薬の購入は実際の要望も聞きながら村長が一括で行う。薬は貴重なものでもあるから、村人個々人が気軽に買えるようなものではない。

ロナによればこの村は大樹海から最も近い拠点でもあり、薬の備蓄があるのは兵士や冒険者の命を守ることにも繋がる。それ故、辺境伯も薬を購入するための予算を組んでいるという話である。

傷薬や解熱剤、鎮痛剤に解毒剤。風邪薬に胃腸薬等々……。薬の種類は様々だが、これらは必要な時に備蓄しておく村人達にとっての共有財産のようなものだ。

同時に、村に派遣されている兵士や居合わせた冒険者や行商人の場合は、必要なら個別に買いに来る。前線拠点に薬の備蓄があるのも大事だし、彼らの場合は仕事中に必要になったりすることがあるからだ。

「あり、がとうございます、ロナ」

クレアが自分の言葉で伝えてくる。

「何がだい？」

「お陰で薬が買い叩かれないで済みます」

「ま、品質が確かなのは事実だからねえ。あたしの魔女としての沽券《こけん》にも関わるのさ」

クレアの言葉にロナは肩を竦める。それでもだ。これがクレア一人だと子供だ、見習い魔女だと侮ったり、足下を見たりする者も出てきただろう。

彼らに売るために村の広場で薬を並べると、すぐに兵士と冒険者が薬を買いに集まり出す。魔女の弟子が同行しているということで、村人達も少し遠巻きに見に来たり挨拶にきたりして、結構な人集《ひとだか》りになった。

「噂のお弟子さんか」

「こんな小さな子だとは思わなかったわ」

「クレアと言います。たまに薬を売りに来ますから、今後ともよろしくお願いしますね」

普段のように人形に身振り手振りをさせつつ言うクレアである。人里に出ても腹話術を使うクレアであるが、帽子の鍔が広く顔が見えないので腹話術というのは外からは分からない。

普段から人形を操っていることも、魔法的な理由だとか魔女だからだと思わせときゃ大丈夫だろ、というロナの後押しもあり、相当な人見知りで内気だというのは感じさせない振る舞いだ。

舞台に立っていた記憶やバイトの対人関係でのつらい記憶を思い出しながらクレアは、注目を浴びながらも人形を介してしっかり仕事をこなしていく。

薬の販売についても修行の一環だ。引き渡す薬の種類や効能、受け取る金額が合っているかをロナが監督する。

といっても、クレアは薬の効能や値段はしっかり暗記している。前世で日本の教育を受けたクレアは暗算も問題なくこなしていて、その計算の速さを「流石魔女のお弟子さんだ」「どうなってんだあの人形……」と、行商人や兵士、村人達に感心されたり不思議がられたりしていた。

糸で吊るして操る人形を介して品物やお釣りを渡す等と……てきぱきと手際良く動くその姿を、村人や冒険者は感心しつつ微笑《ほほえ》ましそうな目を向ける。

そんなクレアの薬販売を眺めつつ、問題なさそうだと判断したロナは村長に尋ねる。

「で、今日は領都までの馬車が出てるんだったね？」

「そうですな。魔女様が訪問して来る日でもありますから」

普段のロナは用がなければ領都まで足を運ばない。薬をここで売って、欲しいものは行商人から買えば事足りるからだ。

一方で馬車がロナの予定に合わせているのは、魔女の薬を購入して領都まで運ぶためでもある。

「なんだ。あたしに合わせてんのかい？　まあ、それはいいが今回は領都まで足を延ばすから、あたしらも乗せとくれ」

「分かりました。伝えておきましょう」

「あれ。箒《ほうき》では行かないんですか？　大樹海の外なら飛べるのでは」

その話を聞いていたクレアが少女人形の首を傾げさせて尋ねる。魔女だけあって、箒で空を飛ぶ術もある。

しかし俺の敷地内での低空飛行訓練は許可されていたが、高度を上げることはロナから禁止されていた。大樹海では上空を自らの狩場と定めている領域主がいる。元々空を飛べる生き物は見逃されるが、そうでない生き物が飛んでいるのを見つけると領域主が積極的に狩りに来るのだという。まるで領分を弁《わきま》えろ、とでも言うように。

必ずしも察知されて攻撃されるわけではないが、目につくように飛んでいればいずれ狩られてしまうだろう。

「外に生活の範囲を広げるなら、まずは普通の方法ってのを知ってからの話さね」

「なるほど」

ロナから以前に言われていることである。自分の知識や常識だけで判断していると失敗することがあると。

個人が空を飛んで移動するというのは、クレアの前世の常識にはなかったことだ。魔女にとって普通の方法ではあると教えられたが、確かにこちらの世界でも一般的な方法ではないだろう。そして、魔女にとっての常識であっても、大樹海でそれをやると命取りになる。所変われば常識や正しい答えというのは変化するものだ。

ともあれ、一般的な方法を知っておくことで世間の認識との齟齬《そご》を埋めておくというのは、自分にとって世間と関わっていく上で確かに必要なことだと、クレアは頷いた。

クレアの初めての薬販売も恙《つつが》なく終わる。二人が馬車へと向かうと、村長から話を聞いていたであろう、護衛の冒険者達や乗り合わせる行商人達が待っていた。

「きょ、今日はよろしくお願いします」

「はいよ」

「よろしくお願いしますね」

大樹海の黒き魔女とその弟子が同行するということで、やや緊張した様子の行商人や護衛達に、ロナは手をひらひらと振り、クレアは普段通りといった様子で挨拶を返した。

「輸送用でそれほど乗り心地は良くありませんので、その点は承知しておいてくださいね。気分が悪くなるようであれば、言ってください。休憩を挟んでいきますので」

行商人がクレアに言う。

「そう、なんですか。心配してくださってありがとうございます」

クレアはぺこりとお辞儀をすると、代金を支払ってロナと共に幌《ほろ》馬車に乗り込む。

二人が乗り込んだ馬車は所謂《いわゆる》乗合馬車ではない。行商人が仕入れた商品を村に持ってきたり、村で買った品々やロナの薬を、領都に運んだりする用途のものだ。薬瓶は綿や藁をクッションにしているから揺られて割れるということはないが、その分乗り込める人数は少ない。

領都に向かう村人達もお金があれば同乗することもできるし、お金がなくても大人数で移動することで盗賊や魔物から身を守りながら安全に移動できるので、馬車と同じ速度で歩いてついていくことがある、という話である。

つまりは、それほど移動速度は速くないということだ。元々舗装されていない道を移動するものだし、馬を休ませなければならない関係上、健脚なら徒歩で十分ついていける程度の速度ということだ。

そうして一行はトーランド辺境伯爵領の領都に向けて出発した。

「領都ってどんなところですか？」

「結構大きな街さね。ロシュタッドじゃ王都を除けば……五本の指には入るぐらいか」

「大樹海や国境近くの守りの要だからでしょうか」

「ああ。そういう立地だからこそ、領都みたいな城塞都市なら安心して暮らせるってことで人が集まるのさ」

「それは――少し楽しみです」

少女人形が胸のあたりに手をやって言う。ロナの目にはどこか……人形が嬉しそうに微笑んでいるように見えた。

領都に到着した後はすることはあるにしても、クレアにとっては初めてのこの世界での大きな街だ。多少は街中を巡る時間を作ろうかと、そんなことを思いながらロナは馬車に揺られていく。

「ふむ。中々便利に使っているね」

「乗ってすぐに乗り心地に閉口しましたし……揺れは体感しましたし……ちょっと我慢できそうになかったので使ってみました」

ロナの言葉に少女人形が腰のあたりをさするような動作を見せる。

舗装されていない道を、サスペンションのような衝撃を吸収する機構がない馬車で走れば、かなり不規則に揺られることになる。

酔うだけで済むのならまだいいが、乗り慣れていなければ座っている床部分に尻や腰を何度もぶつけることになる。

行商人が気分が悪くなったら休憩を挟むと言ってくれたのは大袈裟な話ではなく、クレアを気遣ってくれたからだろう。

ロナは――普通に座っているように見えて、常に薄い魔力の防御膜を展開している。数ミリ浮いているような状態で自身を守っているため、この程度の外的な衝撃は受けない。加えて三半規管を魔力強化することにより、酔いとも無縁である。

クレアの場合は……三半規管の強化は問題ない。アクロバティックな動きをするには体勢を崩さず、目を回さないというのは必須だからだ。

しかしロナがしているような防御膜の常時展開については、最終的にそれを目指すようにとは言われているものの、クレアはまだそこまでには至っていなかった。

ロナ曰く、魔力は足りているがまだ運用効率が良くない、ということだ。全方位の防御膜を展開しているとやがて魔力が尽きてしまうから、緊急性の高くない場面でそうしているわけにはいかない。

そこでクレアは、もっと効率良く馬車の揺れから身を守る方法を取った。つまり、自身がもっとも上手く魔力を運用できる手段——固有魔法だ。

糸を撚《よ》り合わせ、組み合わせて、自身と接触する部位に馬車クッションのように展開し、その後に糸を束ねてサスペンションのような構造を構築する。これにより揺れや衝撃を軽減する、というわけだ。

今回の使い方に限らず、クレアが糸の構造や性質を変化させることで様々な方法に用いているのをロナはよく見かける。

クレアによれば前世での人形繰りには普通の糸や針金だけでなく、色々な素材を使うと新しい表現ができるので研究や工作に勤《いそ》しんでいたという。その経験や知識を活かしているのだろう。

だが、同じ馬車に乗り合わせた行商人や護衛の冒険者達がそれを知る由もなかった。

御者を務めている行商人がそれとなく時々振り返ってクレア達の様子を確認する。

「——初めて馬車に乗るということでしたから心配していたのですが……大丈夫そうですね。様子を見ていたら軽く手を振られてしまいましたよ」

行商人が少し笑うと、護衛達も外から馬車の幌に視線をやって顔を見合わせる。

「……流石《さすが》は黒き魔女のお弟子さんってとこか」

「その魔女殿……相当な強さって話だろ？　一度戦ってるとこを見てみたいもんだな」

「分かっているとは思いますが、魔女殿達は乗り合わせたお客様ですから、お手を煩《わずら》わせるようなことはないようにしてくださいね」

行商人としては護衛である以上は魔物や盗賊の対応もそうだし、指南や実演等も遠慮して欲しい、と言うことだ。

「その辺は分かっちゃいるさ。大丈夫だ」

「はは。強い方は一目置かれますからね。お気持ちは理解しますよ」

行商人と護衛達がそんな会話をしている傍らで、ロナはクレアに領都に到着してからの話をする。

「まずは予定通りに薬を売るよ。但し、あたしは姿を見せても値段交渉はしないからね。自分で交渉しつつ、安売りは避けるってのを課題ってことにしておこうか」

「んー。了解です」

初めてやらせることにはまずロナが手本を見せる、というのはいつも通りではある。

クレアとしてはロナが直接口添えしなくても、姿を見せてくれるならそれで支援としては十分大きなものだと思っている。

薬の品質は問題ないのだ。交渉に口を出さないまでも、師がそれを請け負ってくれるという意味でもあるのだから、それを分からずに吹っ掛けてくるような相手なら、そもそも取引する必要がない。

一先ず初回で安売りを避けられれば、次からは世情で値段が変動することはあったとしても理不尽な安売りを強《し》いられるということはないだろう。

「どっちが作っても同じなら、あたしらの普段の行動にも融通が利いて都合が良いからねえ」

というのがロナの言い分である。お互いの行動をその都度変えられるなら、修行の内容も自由度が高くなるということだ。

「ま、売買が一通り終わったら、少し領都の構造やらを見ておくために街を巡るかね。無駄遣いじゃないなら薬を売った金はあんたが稼いだ金ってことで、何か買い物をするのも良いだろうさ」

「楽しみにしておきます。人形の素材になるものを買いたいですねー」

腕に抱かれた少女人形がワクワクしているというように胸の前で両拳を握る。

「……自分の服とか装飾品に使っても良いんだよ?」

「まあ……それも追い追い」

そう言って顔を逸らす人形である。

色気のないことを言う弟子は、流れていく景色を幌馬車の後部から眺める。帽子で顔は見えないが機嫌自体は悪くなさそうだ。表情を見ればいつも通りにあまり顔には出ていないのだろうが。そんな反応に、ロナはまあ良いかと肩を竦めるのであった。


大樹海付近の村から領都までは馬車で3日ほど。馬を休ませ、日が落ちれば道中の町に宿泊しながらの旅であった。確かに、健脚であれば十分に馬車に同行できる。

これが仮にしっかり舗装された道で、公的な機関のバックアップを受けて馬を交換できるならば、遥かに速く移動できるだろう。

途中で道もしっかりと整備されて多少移動速度も上がったが、それでもクレアやロナからすると箒を使って移動したほうがずっと速い。馬を交換したとしてもだ。

輸送量という観点でも、ロナの鞄で持ち運べる物資の量が馬車より多い。

小人の呪いと羽根の呪いという――小型化と軽量化の術を、収納したものにかける鞄を用意しているからだ。

だから、本来二人に馬車は必要ない。しかし今回は社会勉強の側面を考えてと言うのも、クレアにとっては納得がいくものだった。

人員や荷物を一度に多く輸送したいのであれば一般的には馬車や運河ということになるし、どのぐらいの速度で移動するのか、どんなメリットとデメリットがあるのかは体感して学んでおく必要がある。

「見えてきましたよ」

行商人から投げかけられた言葉に、クレアは前方を御者席の後ろから覗き込む。

街道沿いの森の陰から姿を現すように――堅牢《けんろう》そうな高い城壁に囲まれた都市部が見えた。街全体の外観は1個の巨大な城塞、という印象だ。

一番外縁部の壁の内側に、更に高い2番目の壁を備え、中心部に城を構えている。中心部の城が少し小高い場所にあることから、遠目には全体で巨大な一つの建造物のように見えるというわけだ。実際には壁の内側に街並みがある、ということらしい。

「おお……。すごい城塞都市ですね」

「なんと言ってもロシュタッド王国北東部の守りの要ですからな」

行商人がどこか誇らしげにクレアに告げる。魔女の弟子を領都に案内できるのが楽しいのかも知れない。

「ま、中に入っちまえば案外普通さね。血の気の多い輩がいても、そういうのはしっかり押さえつけてるのが辺境伯家だから、案外治安は良いのさ。でもまあ案外だから油断はするんじゃないよ」

「はい。武人として知られるだけに、騎士団の方々も名誉を重んじていそうですね」

「規律の緩んだ連中が守れる程、大樹海は甘くないからねぇ」

街道を行き交う人々も増えてきており、栄えているというのがクレアの目にも窺えた。ここに来るまでの道中も街道を巡回している兵士達と何度か入れ違っている。それらはそのまま治安の良さや領都に身を寄せることの安心感の裏付けになっていると言えた。

「ああ……これはすごいですね……」

馬車から身を乗り出したクレアは、顔が周囲から見えないように帽子の鍔を引っ張りながらも外壁を見上げる。少女人形も上を見上げる仕草だ。こうした城塞都市の外壁や城門など、クレアは前世の記憶も含めても、実際に自分の目で見るのは初めてだった。

領都に入る人々は2列になっていた。初めて領都にやってきた者達が並ぶ列と、門番達に一度立ち入りの許可をもらったことのある者達が並ぶ列。これは、領都に入るためのチェックをスムーズにするためでもある。クレアは……行商人や護衛達と共に一度許可をもらったことのある者達の列に並んでいる。

「まあ……親に同行してきた子供扱いってことさね。今度一人で来た時はあっちの列に並びな。門番ぐらいには顔も憶えてもらう必要もあるからね」

「分かりました。最低限、という奴ですね」

「そういうこった」

ロナにあまり顔を見せないように言われているし、その口実も与えられているが、それは絶対のものではないということだ。最低限必要な相手にだけ見せればいい。

乗ってきた幌馬車4台程でも余裕で行き違うことのできるぐらいの大きな跳ね橋を渡りながらも、クレアは心が浮かれてくるのを感じていた。表情はいつも通りではあったが。

「すごいですねぇ……跳ね橋も外壁と繋いでいる鎖も……。見ているだけで楽しくなってきます」

人形がぶんぶんと腕を振って言う。人形を介してであるが、反応は素直なものだ。顔には出ないが内心でも実際そう思っているのである。

「くっく。あんたがそうやって子供らしくしてるとこを見ると安心するねぇ」

肩を震わせてロナが言う。

「むう。確かに浮かれていますが」

クレアには前世の知識経験はあるが、情動に関しては割と子供らしい部分がある。

幌馬車から降りて楽しそうにしている魔女師弟の様子に、同行してきた行商人や護衛達も少し表情を緩めていた。

領都に入る列は順調に進んで行き、やがてクレアとロナ、行商人と護衛達の順番がやってくる。

「これはロナ殿……。領都まで足を運ばれるのは珍しいですな」

「今回はちょいと領都まで用事があってね」

門番の挨拶に、ロナが答える。

「こちらは？　初めて来られた方でしょうか？」

「弟子のクレアさね」

「初めまして。よろしくお願いします」

「ああ……！　お弟子さんですか。確かに隊長から伺っております」

「見習い魔女のしきたりってことで、あんまり顔を見せないように言ってある。その内一人でも来させるから、その時にでも顔を確認しとくれ」

「分かりました」

そんなやり取りをして、クレア達が進もうとしたその時だ。

「おいおい！　あいつらは良くて、なんで俺達は駄目なんだ⁉」

「仲間は前に来たことがあるってのに、初めて来た奴は駄目だって言われて、俺達は最初から並び直したんだぞ⁉」

隣の列からそんな声が上がった。

クレアがそちらを見やると、少し後ろに並んでいた男達が兵士に食って掛かっているところだった。

「問題ありました？」

クレアが申し訳なさそうに身体を小さくする少女人形と共に門番に尋ねると、門番は首を横に振る。

「いえ……進んで結構ですよ。子供は別ですから」

「子供かどうかなんて確認してないだろうが！　そんな帽子を被ってて分かるのかよ！」

「そうだ！　小人族みてえな小柄な連中が声色を変えれば分からねえじゃねえか！　そんな小道具まで用意しやがって！」

不平不満を口にする男達。クレアの表情はいつも通りだが、この手の強面《こわもて》な顔触れは苦手だ。戦闘時のように感情のスイッチを切り替えているわけではないので実は心臓が早鐘を打っていたりする。

「やれやれ。一応話は通しておいたんだがね」

門番達のロナの信用度や事前の話もあってのものではあるのだろう。

「けれど確かに、そうかも知れませんね。私の事情で門番の方々の仕事の今後に差支えが出てしまうようなことは本意ではありません」

人形繰りに集中することで内心を態度には出さずに腹話術で言うクレアである。

「ふむ。なら、もう少し人目のつかないところで顔を確認してもらうかね。子供ってのが嘘だったら、あたしらだって並び直して構わない」

クレアとしては門番達に顔を見せるぐらいは次回見せるのだから構わないとは思っているが、こうして注目を集めている状況で帽子を脱がせるのは、身を守るためには悪手だろうとロナが口を挟んだ。

「分かりました。では、こちらに」

門番はそう言って案内しようとするが、男達は「俺達にも確認させせろ！」「お前らが誤魔化したって分かんねえだろうが！」と叫ぶ。しかし――。

「……ここを通る者達を必要に応じて検《あらた》めることができるのは、それが我らの仕事だからだ。そこはお前達が立ち入れる領分ではないし、その資格もない」

「誇り高きトーランドの兵は、職務において偽りを口にすることは許されていない、と言っておこう。ここにいる者、皆がこの言葉の証人となる。……良いな？」

門番達の口調と雰囲気が変わったのを察したのだろう。不満そうな様子ではあるが、男達も「そこまで言うんなら……」と、不承不承ながらも口を噤《つぐ》んで引き下がった。

そのまま二人は近くの詰め所に案内され、そこでクレアの年齢を確認することとなる。

「では――」

クレアに操られた少女人形が腕をよじ上り、肩に乗ってその鍔広帽を脱がせると、確認に当たった門番達は思わず目を見開き、息を呑んだ。

豊かな長い髪が揺れる。長い睫《まつげ》毛と吸い込まれそうな大きな瞳。

通った鼻筋とほんのりと色づいた柔らかそうな唇。人形のような白磁の肌。

大きな鍔広帽に隠されていたのは、恐ろしい程整った容貌の少女であった。感情を表に出していないこともあって、人ではなくロナが作った人形だと言われたほうが納得もいく。

だが、確かに子供だ。将来は『絶世』のというような形容が頭をちらつくような容姿ではあれど。

「なるほど……。顔を隠すように言う理由も分かる」

一人が呟くように言うと、他の門番達も納得したような表情になった。

見習い魔女のしきたりというのが本当なのかどうかは兵士達にとっては分からない。

しかしそうでなかったとしても、この容姿なら黒き魔女とて弟子が犯罪に巻き込まれないか心配するだろうと、そう納得させて余りあるものであり、それは門番達としても配慮すべき事情に成り得る。

実際には……クレアの出自に関わる事情も絡んでいる。今もまだ追手がかかっているのか。ロナには判断のしようもないが、その容姿はクレアを発見する手がかりになってしまうだろう。髪と瞳の色がかなり特徴的なので致命的だ。ただ……容姿だけならまだなんとか誤魔化しが利く。

ともあれ門番達には、これで普段顔を出さないように暮らしていることも納得されやすくなるはずだ。

「もう帽子を被っていいぞ、ええと」

「クレアです」

「そうか。気を付けてな、クレア嬢ちゃん。あんな連中に絡まれちまったが、ようこそ、トーランド領都へ」

「ありがとうございます」

そんな風にして、クレアとロナは門番達から見送られて領都に入った。

「やれやれ。今のは驚かされたが……賢そうなお弟子さんだったな。あんな年頃の子が俺達の仕事に差し支えないかなんて、気を回せるもんなのか」

「魔女殿の教育の賜物でしょうかねぇ」

二人の背を見送り、門番達はそんな風に噂をし合うのであった。

分厚く高い外壁を抜けると、やや勾配のある坂道があった。外敵から守りやすくするための工夫なのだろう。坂道を上って第2の門も抜け……ようやく領都内部へと入ったクレアの口から、感動の声が漏れる。

「おおー……。素晴らしい街並みです……」

領都の街並みはやはり質実剛健。外壁付近の建物は民家として使われているものでも石造りで、いかにも頑丈そうなものが多く、戦いに備えての造りとなっている。

「ここいらはちょいと厳《いか》ついが、街の中心部はもう少し華やかさがあるねえ」

「すごいですね。さっきの門や坂道もそうですが、要塞という感じで見ていて楽しいですよ」

「こういう街はあんたのとこにはなかったのかい？」

「いくつかはあった、とは聞いたことがあります。私が生まれた時には都市部に外壁は残っていませんでしたし、そもそも、こういう大規模な城壁自体少なかったみたいです。島国ですし、川や山が多いからと聞いたことがありますね」

「ふむ。同じ国の民が住んでる島で、魔物もいないって言うならそうもなる、か？　地方領主の小競り合いなんかがあっても、地形を利用すればいいからねぇ」

日本に対するそんなロナの推測を、クレアと共に少女人形がどこか楽しそうに聞く。

「おお。魔女殿、お弟子殿も。先程は災難でしたな」

そこに行商人と護衛達が追い付いてくる。

「いえ。気にしていませんよ」

クレアが笑って答えると、行商人達も表情を緩めて頷いた。

こちらとは行先が違うということで、一緒に旅をしてきた行商人達とも手を振って別れて、クレアとロナは人の行き交う街を進んで行く。

鍔広帽を被っていても透視の魔法を使っているのでクレアの視界は良好だ。大きな帽子があちこちに細かく動いており、目移りしているというのがロナにも分かる。城や街並み。そこを行き交う人々。どれもクレアが初めて目にするものだった。

（ふむ。前世の記憶があるってのにお上りみたいな反応だね……。世界が変わっても共通の反応なのかい）

クレアの様子を見て、ロナはそんな感想を持った。

はぐれてしまった場合についてもクレアには伝えてある。判断力や自衛のための力はあるから、敢えて注意を促すようなことはしない。それはそれで修行になるだろうぐらいの考えだ。

しかしあちこち目移りはしていても、きちんとロナの後をついてきている。マルチタスクは得意分野でもあるらしいが、周辺視野も広い、というのがロナの評価であった。

第4章　交渉開始

ロナが目的の建物の前で立ち止まる。クレアも僅かに遅れて立ち止まり、顔が周囲から見えないように鍔の端を指でつまみながらも少女人形《リリー》と共に目的の建物を見上げた。

「ここがそうなんですか？」

「ああ。冒険者達のギルドさね」

「おー……実物を見るのは初めてです」

――冒険者。食い詰め者達の雇用先。なんでも屋等と揶揄《やゆ》されることもあるが、その立場は公的に認められたものだ。

正規の騎士や兵士達は訓練や治安の維持等、魔物退治以外にもやることがあって、細かな事例に対応し切れない。そのため散発的な魔物への対応は冒険者達が行う。

調査及び討伐。数の多い魔物の普段からの間引き。そういった事例には冒険者達が依頼を受けて対応するのだ。

魔物を倒して得られる素材を扱う場所も必要だ。だから魔物退治に従事する者達や、その素材を管理する組織も求められた。そこで作られたのが冒険者ギルドである。

そのうち薬草採取や輸送の護衛等々、様々な雑事も頼めないかという声が民から上がり始め、大抵のことは依頼料を支払えばギルドが仲介して引き受ける、現在のような形となった――と、ロナからは習っている。

「あんたは割と冒険者や冒険者ギルドが好きみたいだねえ。会ったことなんかなかったんだろ？」

「そうですね。物語の中ぐらいでしか触れられない人達でした。だからですかね」

「そういうもんかね」

「そういうもんです」

誰かに聞かれても問題ないようにぼかした会話を交わしながらも、ロナに促されてクレアは建物の中へと向かう。

クレアは視線を巡らすと、当たり前のように空いているカウンターへ向かった。

「すみません。少しよろしいでしょうか」

カウンターの向こうにかけたクレアの声は——実は腹話術ではあるが子供のものだ。場違いなその声に、近くにいた者の視線が集まった。

「あら……。何かしらお嬢ちゃん。ギルドに何か御用？」

書類仕事をしていた女性がクレアに尋ねる。

ギルドには時折に子供がやってくることがある。

大人の使いで来たのであれば特に問題はない。たまに子供自身が依頼主ということもあるが。

子供が冒険者になりたいと希望してギルドにやってくるのは……珍しい話ではない。

冒険者ギルドは社会福祉的な側面もあるので、食い詰めて盗みに手を染めたりするよりは冒険者として登録し、子供にでもできる仕事を割り振ったほうが結果として治安も良くなるからだ。

但し、冒険者として登録できるのはある程度成長した子供の話だ。あまりに小さな子供では、仕事を任せるのも難しいので、そういう場合には基本的には冒険者としては登録しないという決まりになっていた。

しかしたとえ冒険者登録を断るのだとしても、事情を聞いた上で必要であれば孤児院に連れて行くといった対応をするのもギルドの仕事の一つだ。子供がギルドにやってきたからと、邪険に追い払うようなことはしない。

では、ギルド職員の目の前にいる少女が、登録したいと言ってきた場合はどうか？

背丈はそれほど大きくはない。鍔の広い帽子を被っているから顔は分からないが、声を掛けて来た時の印象では言葉遣い等はしっかりとしているという印象だ。腕に大事そうに人形を抱えているのが目につく。

要するに性別以外不詳。総じて、詳しく話を聞いてみなければ判断できない。そもそもまだ用件を聞いていないのだが。

「魔女ロナの弟子で、見習い魔女のクレアと申します。いつもこちらで師の薬を取り扱ってもらっているとのことで、私自身の挨拶を兼ねて直接薬を運んで参りました」

そう言って、クレアと人形が揃ってお辞儀をした。

「え――。あっ。大樹海の魔女様……！」

予想外の言葉に、職員は一瞬思考が止まったように見えた。少女の格好は、確かに黒き魔女のそれに近い。さながら、人形が生きているかのように動いていることも、魔女の術だからと言われれば納得だ。

職員は視線を巡らせ、戸口の近くで静かに立っている黒き魔女本人――ロナの姿を目にする。魔女は少し鍔を上げて顔を見せ、問題ないというように頷いてみせた。

「わ、分かりました。薬の納品と代金の受け取りですね？」

「はい。ありがとうございます。取引の前に、お伝えしておかなければならないことがあります。本日持ってきたものは師が作ったものではなく私が作ったものなのです。但し、品質は同じと師より認められておりますので、普段通りの値段で取り扱って頂きたいのです」

人形と共に自分の胸のあたりに手をやって言う。

「それは――私の一存では判断できかねますので、奥でお話を伺えますか？」

職員は少し落ち着きを取り戻したのか、クレアの言葉を咀嚼《そしやく》するとそう返答をする。

「勿論です」

「魔女様も、どうぞ奥へ」

「弟子には納品の過程も含めて修行の一環と伝えてある。あたしはこのままここで待たせてもらうよ」

「……承知致しました。ではクレア様。こちらへ」

ギルドの奥にある部屋に通されたクレアであったが、不安で落ち着かない気持ちを抱えつつ少し待っているとノックの音と共に先程の職員と、もう一人……男が入ってくる。

歳の頃は40そこそこ。無精髭《ぶしょうひげ》を生やした赤毛の男だ。

「ギルド長のグウェインだ」

「クレアです。よろしくお願いしますね」

クレアは人形に帽子を取らせ、揃ってお辞儀をする。職員はクレアの容姿や年齢に驚いたようだったが、グウェインは興味深そうにクレアを観察していた。

冒険者ギルドの長については「顔を見せる最低限」の中に入っている。今後も接点があるからだ。ロナの評では「まあ、それなりに信用ができるかね」と言うものだったというのもあるが。

「おー、ロナ婆さんの弟子か。そのうち訪ねてくるとは聞いてたが、こんなに小さい子とはな」

「小さいのにしっかりしていらっしゃいますね。驚きました」

「まーな。俺としちゃ、ロナ婆さんが弟子を取ったってこと自体驚きだが」

「そうなんですか？」

「ガキの頃から婆さんのことは知ってるが、そういうのは聞いたことがねえな。俺は歳をとったが、あの婆さんその頃から見た目も暮らしも何も変わっちゃいねえ。だからまあ、その弟子だっていうお前さんと会うのは楽しみにしてたぜ」

グウェインがにやっと笑みを見せた。

「なるほど……。よろしくお願いします、グウェインさん」

「ああ。ま、昔話はいつでもできる。まずは持ってきた薬を見せてもらおうか」

「分かりました。では」

クレアは鞄をテーブルの上に置くと、そこから次々と木箱を取り出して床に置いていく。鞄の体積より明らかに木箱一つ一つのほうが大きい。

「何度見ても面白えな、その鞄。この鞄があれば色々便利なんだろうが」

「鞄ではなくかけられている術によるものですし、その術も永続的なものではないですからね」

「らしいな。婆さんにその鞄は複数用意できないのか聞いたら、術が解けたらただの鞄に戻るだけだから意味がないって言われたぜ」

グウェインの言葉にクレアも頷く。その術というのが少し癖のあるもので、呪いを二つ応用したものなのだ。

物語の魔女が呪いをかけて約束を破った者をヒキガエルにするように呪いの発動条件を満たしたものを小さくし、重さも軽くしてしまう。だから外からは容量や重さが普通とは違うように見えるのだ。この場合は「鞄に収められる」という条件が設定されている。

ただ、ロナもクレアも説明を省いているが、しっかり設計することで、魔力さえ供給できるならば、半永久的に維持することは不可能な話ではない。量産というのは求められる素材やコスト等の面から現実的な話ではないだろうが、高級品としてなら需要は間違いなくあるだろう。

しかしもし紛失した場合や盗難に遭った時に、構造を解析されて術を再現されると悪用される恐れがある。要するに自前で術を使い、必要な分だけその維持をすることができるロナならば、わざわざ他人が扱えるようにすることにメリットはないし、絡繰《からく》りを明かす必要もない、というだけの話だ。

クレアも教えられているが、こういった若干気が咎めることにも使える魔法については他人に話さないように言われているので、勿論口にはしなかった。

鞄について少し話をしながらも、クレアは傷薬、鎮痛剤、解熱剤、解毒薬等々……木箱の中から様々な薬が入った小瓶をテーブルの上に並べていく。

「さて……お前さんが作った薬は、婆さんが作ったものと遜色《そんしょく》ないって話だが」

「ですね。試供品も用意してきましたから、効果を確かめて頂いて構いません。効果に問題なければ普段通りの金額で取り引きをお願いしたいと思っています」

「いいだろう。だが、効果が劣ると思ったなら、それ相応の値段って評価をさせてもらうが、それは構わないな？」

「はい。正しい評価してもらえるのなら納得できます」

グウェインの目を真っ直ぐに見て、迷わずに答えるクレアである。交渉ということで、舞台に立って演技するような気持ちで臨んでいたりする。

「くっく。自信がありそうだな。正しいなら納得ってのはこっちの矜持も試されてるってわけかね？子供なのは見た目だけってことはないよな？」

クレアの返答に、肩を竦めつつも寧ろ楽しそうに笑うグウェインである。正しい評価というのは、薬の効能にかかる言葉でもあるし、グウェインの行動、誠実さ、鑑定眼にかかる言葉でもある。クレアとしては同じ効果という部分に偽りはないという自負があるので、相手の対応が誠実ではないと思うのなら取引自体しないという宣言でもあった。

無論、ロナの薬に比べて劣るというのが事実であるならば、それを受け入れるという表の意味もあるが。

「いやまあ……薬作りに関しては結構厳しく指導されましたので。あと、見た目通りの年齢ですよ」

クレアはグウェインの言葉に答える。実際のところは腹話術ではあるが、苦笑しているようなニュアンスがそこには感じられた。

「それじゃ、試させてもらうか」

薬の種類は瓶の形状で見分けられるようになっている。鎮痛剤と傷薬を手に取ると、グウェインはおもむろに腰に佩《は》いていたナイフを取り出し、自分の手の甲に躊躇《ためら》わずに一文字に切り傷をつけた。

それから傷はそのままに鎮痛剤の入った小瓶の中身を呷《あお》る。

「おー。やっぱりすげえな、魔女の薬。魔法の薬なのは知っちゃいたが、飲んだ時点で効果が出やがる。ちっとも痛くねえのにそこに異常があるって危機感や焦燥感だけは残るんだからな。便利なもんだぜ」

「うわぁ……」

「ギルド長……子供にそう言うのを見せるのは、ちょっと……」

手をそれなりに深く切りながらも、楽しそうに薬の効能を検分しているグウェインの様子に、少し引いたような様子を見せるクレアの人形とギルド職員である。

「で、次はこっちだ。この傷の深さなら……このぐらいか？」

傷口に傷薬を振りかけるグウェイン。その量は加減されていて、傷薬の扱いに手慣れているのが窺えた。

傷がしっかりと塞がるのを見届けて、拳を何度か握ったり開いたりしてから、グウェインは満足そうに頷く。

「確かに……効能は婆さんの薬と変わらねえ。婆さんは──弟子可愛さに自分が作ったものを『弟子が作った』なんて言って売り込むようなタマでもねえ。こういうことでつまんねぇ嘘吐くのも許さねえ性質《たち》だろうからな。薬によって得手不得手とかはねえんだろ？」

「そうですね。その辺は問題ないです」

「良いだろう。今後も婆さんの薬と同じ価格で引き取って、同じように扱わせてもらう。それで良いな？　ギルド長としても品質は保証してやる」

「ありがとうございます」

グウェインの返答にクレアはお辞儀をする。

「……それにしても、随分薬の扱いに慣れていらっしゃるんですね」

「この薬には、俺が現役の冒険者だった頃大分世話になったからな。金がねえ時分は仲間達とできるだけ節約して使ってたんだよ」

「ああ、それで──」

傷の具合で使用する傷薬の適切な量が分かるというのはそういう理由かと、クレアは納得していた。

一方でグウェインはと言えば感心していた。交渉として望んでいる以上は、効果が劣っていると感じれば子供であろうとロナの弟子であろうと、容赦なく指摘するつもりでいた。

そもそも冒険者達も仕事中にこの薬に命を預けるのだ。そこに余計な気遣いなど差し挟む余地はない。

だからこそ自分を被検体にし、過去の経験と矜持に基づいての試験だ。結果は……薬の品質はロナのものと比べて遜色ないものであった。

雑な口調や態度とは裏腹に、判定は自分にできる中で最も厳密な方法だったと自負している。

試験を済ませていない他の薬については緊急性のないところで試供品を試してから問題がなければ冒険者達に販売していけばいい。在庫はまだあるのだから。


「で、どうだった——とは聞くまでもなさそうだね」

クレアとグウェイン、職員が戻ってきたの見てロナが尋ねると少女人形がサムズアップで返し、グウェインは予想よりも気安い様子の師弟に少し驚いていたようであった。

「まあなんだ。真面目な優等生かと思ってたが、最初の印象より随分面白そうな弟子じゃねえか」

「魔法の使い方やその発想が面白いというか、お陰で退屈はしてないよ」

ともあれ、薬やその他冒険者ギルドで必要としている素材等の代金も普段通りの相場で受け取った。

これで今回の冒険者ギルド訪問の用件は済んだと言える。

「今後は私一人で領都に来ることが増えると思いますので、その時はよろしくお願いしますね」

「分かった。……そういう判断で大丈夫ってことは心配いらねえってことか？」

一人でと聞いてグウェインはロナに視線を向ける。

「自衛能力や判断力はあるから、これも修行ってことさね。念のための策も講じてある」

「なら口出しすることでもねえな」

クレアの判断力は大人のそれと変わりない。常識に疎い部分はあっても詐欺や誘拐といった犯罪には対応できるだろうとロナは見積もっているのだ。

「さて。じゃ馴染みの店を巡りながら軽く街の案内でもしていくかね」

「では失礼しますね」

「おう。また遊びに来い」

クレアとロナは連れ立ってギルドを出る。

冒険者ギルドでは扱っていない素材を売却し、食料品や衣類等、大樹海で手に入らない品を購入する。普段からロナと付き合いのある商人にクレアを紹介し、顔を繋いでおくという意味もあるが、これらは修行というよりは挨拶の意味合いが強かった。

街のどこに何があり、どこに近付くべきではないか。ロナはかいつまんで大体のところを話しながら街を行く。

「治安が良いと言ってもそれはトーランド辺境伯の武力があるからですかね」

「場所が場所だけにその手の輩も集まるのさ。トーランドの武名に大人しくしてるだけさ」

大樹海を目的とする者が集まる街でもあるのだ。その性質上荒くれ者も多く、そうした者達は同類とつるむ傾向があった。

品の良くない酒場や娼館。そういった夜の店が集まっているような区画だ。逆に言えば、そういう場所を避けていれば一先ずは問題ない。

日常に必要なものは大通り沿いの店を見て回れば大体揃う。

ロナが扱う素材はその限りではないものが多いから、街の解説や日用品の購入をしながらも要所要所で裏通りにある店を巡っていった。

「終わったら大通りの宿に行くよ。あの通り沿いならあんたが買いたいものも大体揃うだろ」

「おお……。自由行動の時間ですね」

単独行動を許すのはクレアを子供扱いする必要がないからだ。街で単独行動する予行演習でもあるだろう。

「――夕食までには戻るんだね。その分の代金ももう払ってる」

「では……そうですね。日が暮れるまでには戻ってきますね。なんだか遊びに行ってくるみたいですが」

「一応修行だがこんなのは遊びさね。たまには子供らしく好きに羽を伸ばしてきな」

街での諸々の用事を終えて宿の一室を借り、そこからはクレアの自由時間だ。

「ふふ。それじゃあ、ちょっと遊びに行ってきますね」

「はいよ。あたしはあたしで別行動だ。買いたいものがあるんでね」

少女人形と共に手を振ってからクレアは宿を出発する。

「さてさて――どこから行きましょうか」

人形作りとなると仕立て屋に……雑貨店。書店もあってそれにも興味があった。

「んー。一応歩いている間に色々と見ておきましたが……ふむ」

少女人形が顎《あご》に手をやって思案を巡らす。街並みや目を付けた店の場所ははっきりと記憶している。健康であったり記憶力が良かったりして何かと助かるなあなどと考えながらも、脳裏で宿を中心に地図を描いてから、通りを歩き出した。

まず仕立て屋に顔を出し、衣服ではなく端切れでもいいので生地が買えないかを女店主に尋ねる。

「大丈夫よ。お使いかしら？　ほつれたとこに合わせるなら元の服の色と素材に合わせれば目立たないんだけど、そのへんは分かる？」

「ああいえ。ほつれを繕《つくろ》うわけではなく、この通り――操り人形の服を作りたいんです。生地を色々と見せてもらえますか？」

「へえ。それはまた面白そうね」

「ええ。面白いですよ。折角ですので、色々な端切れを見せてもらってもいいでしょうか？」

「それじゃ、奥から持ってくるわね。針と糸は必要？」

「どっちも消耗品ですからここで買えると嬉しいですね。詰め綿も欲しいです」

「糸と針に、詰め綿ね」

店の奥に消えた店主が少ししてから戻ってくる。サンプルということで端切れを色々と重ね合わせて色合いを見ているクレアに「どんな服を作るつもりなのかしら？」と、微笑ましそうに店主が尋ねた。

「そうですねえ。この生地をこれと合わせて……こんな形の衣服を作ろうかと。袖や裾のところには刺繍や立体的な装飾を入れたいので――」

クレアとしては姿形がどうであれ、ビスクドールに近い形式のものが作りたい。前世でも配信やストリートライブでウケが良かった内容の一つはファンタジー要素のある人形を踊らせるというもので、それまで人形繰りに興味がなかった層にも訴求力があった。

その記憶はクレア自身も気に入っているものだ。

色々とファンタジー要素のある衣装をハンドメイドしていたので、端切れで人形の衣服を作った経験は豊富だ。その中でフリルやレース編みやら刺繍やらにも手を出している。

一方で店主はと言えば、クレアから出てくる意外な用語に「おや？」という表情になった。子供のお遊びかと思っていたら、服飾の知識が多く色彩センスも良い。しかもたまに知らない技法の名が飛び出してくる。

「……あなた、お針子か何かの仕事や手伝いでもしているの？」

「いいえ。完全に趣味です」

そう言って人形が手を横にパタパタと振る。そんな少女人形の動きに、仕立て屋は微笑ましそうに表情を綻ばせる。

「趣味……そうね。人形の服が完成したら見せてもらっても良いかしら？」

「分かりました。今度領都に来る時に持ってきますね」

「ええ。楽しみにしているわ」

少女が作る人形の服の出来がどうであれ、知識が豊富ならもしかしたら新しい服のヒントを貰えるかも知れない。必要なら少女に許可を貰えば新しい商品が……と、店主は先々の事に想像を巡らせつつ、生地ではなく服も見せてくれ、クレアと服飾やその技法についての話で盛り上がるのであった。


仕立て屋の店主とは中々楽しい話ができた、と満足感を覚えながらもクレアは店を出る。

雑貨店で人形のアクセサリーに使えそうな品を探し、その他人形作りに必要になりそうな素材を見て、実際に集めて回っていく。

人形作りのハンドメイドに興味を持っていた前世では、衣服や小道具だけではなく人形本体――特に顔の部分を好きに作れないかと色々と調べたこともあった。

例えばビスクドールならば粘土からの素焼きで作られているし、釉薬《ゆうやく》を塗って焼成すれば白磁を代表とするような陶器にもできる。だから、陶芸教室にも足を延ばしたりした。

しかし、糸で吊るタイプの操り人形ということを考えると、あまり重量がある素材だと肝心の人形繰りに支障が出るし、脆い素材では破損の可能性だって出てきてしまう。

それらを使う部分が顔や手だけにしてもバランスは考えなければならないし、他の素材の質感がどれほど気に入っても軽量化や耐久性も考慮する必要があった。人形本体だけでなく、仕込むギミックにしても人形に着せる衣服にしてもそうだ。

「だけど、今は違うんですよねぇ」

帽子で隠した顔は普段とあまり変わらないが、内心上機嫌なクレアである。たとえ金属製であろうと、今の魔法糸なら気にせずに操ることができる。木や土塊など、そもそも人形でないものすら操ることができるのだから。粘土作りや立体物の形成も糸で直接操れる以上は手間ではない。

それを考えるとどんなギミックも仕込み放題だ。人形自体の構造や造形、服装自体にいくらでも凝ることができる。ロナから錬金術も習っているため、アイデアも色々温めていた。

だからクレアは普通人形には使わないような材料——金属等も含めて色々素材になるものを買って回るのであった。

第5章　瞳の秘密

人形用の素材として思い浮かぶものは購入したので、次は書店だ。

本はこの世界だと良い値段らしい。薬を売ったお金は自由に使っていいとは言われていたが相場が分からないし、目的があって書店に行きたかったわけではないので最後に回している。

先程ロナと街を見て回った中で裏通りに趣のある書店があった。そこで技術書を物色して購入し、次はどこに行こうかと街を歩いていたクレアの足が、ふと止まる。

「んん……」

尾行されている。大樹海で使っている感知魔法は、街中では意味のないものだから展開する種類を変えている。自身に害意や悪意が向けられると、偽装や隠蔽をされていない限り無意識に発してしまっている魔力に乗ってそれが届く。その魔力を感じ取る、というわけだ。本来は呪いを感知して防ぐための魔法で、その副産物でもある。

意識して魔力を制御する技量があれば、相手に伝わらないようにできる程度の微弱なものだ。しかし魔法の心得や知識がない相手ならば、悪意を持ったことを感じ取ることができると、ロナには習っていた。

与《くみ》しやすい相手なのか、それとも故意に感知させたか。悪意、害意が感じとれないから安全ということも意味しない。これを過信して行動したり判断するのは危険だともロナから言い含められている。

ただ――。

（……一応、誰が追っているのか確かめておく必要はありますか。今後の安全や指針のためにも）

クレアは再び何気ない様子で歩き出す。同時に、少し後ろで止まっていた気配も動き出した。間違いない。

魔力の導線は四つ。少なくとも四人が感知に引っかかっているということだ。クレアは探知魔法も放って周囲の地形や状況を把握すると、何気なく人気のない方向へ移動していく。同時に、こちらからも魔力を放ってその魔力の動きを観察し、追跡者達の魔力への無理解が偽装なのかそうでないのかを冷静に分析していた。

そして袋小路の路地に入り込んだところで、立ち止まる。クレアが腕を振るうと、その指先から小さな煌《きら》めきが四方八方に走り、糸と共にその姿が掻き消える。

「……おい。いねえぞ」

「行き止まりだぞ……？　あのガキどこに行きやがった？　確かにここを曲がったよな？」

そんな声が背後から聞こえてくる。姿を消したクレアが振り返って声の主達を確認する。

（……なんだ。さっきの人達ですか）

後をつけてきていたのは、先程領都に入る時に門番達に文句を言っていた男達だ。先程見た時より一人多い。先に領都に入ったという仲間なのではないだろうか。大通りを歩き回っていた自分を見かけて追いかけてきたのだろう。

それはそうだ、ともクレアは思う。街で自分を捜すような動機がある人間は、まだ僅かなはずだ。

とりあえず複雑な事情で追ってきたのではないというのは安心できる話だった。

しかし門の一件で、うろついている自分を見かけたからとわざわざ追いかけてきたということなのだろうか。

彼らの目的は意趣返しか、本当に門番が偽っていなかったか確かめるためか。

つまりは年齢を確かめ、それで子供ではなかったのなら門番達に文句をつけに行くのだろう。

門番達は偽りを口にする者はいないとまで男達の前で宣言している。違えば騒いで大事にできるし、嘘がなくてもクレアに対して直接自分達の要求や文句は伝えられるから溜飲は下がるということだ。

子供だから男達がクレアを舐めているというのもある。

だがクレアとしては別に彼らに用はない。裏がなさそうというのも理解した。だから……いつまでも拘《かかわ》られて今後も身の回りをうろつかれたら面倒だなと思うぐらいで。

どうしたものかと、近くまできた彼らを観察していると、そこにもう一人――誰かが路地に顔を出す。

クレアの知らない少女だった。少女といってもクレアより年上だろう。歳の頃は14、15ぐらいだろうか。ウェーブした長いブルネットを途中から緩い縦ロールに巻いている。整った顔立ち。大きな碧玉《へきぎょく》を思わせる澄んだ瞳が男達を捉えた。

その少女は路地裏の状況を観察すると、最初に困惑――それから怒りを露わにした表情で指を突きつけて言った。

「あなた達、何をしていますの！　寄って集って、その子に何をしようとしているのですか⁉」

「ああ……？」

男達がその声に振り返り、怪訝《けげん》そうに眉根を寄せた。

（——あれ？）

不可解に感じたのはクレアもだった。少女には姿を消しているはずのクレアが見えている。しっかりと術を発動しているのにと、思わず確認をしてしまうクレアである。

「子供を捕まえてお婆さんもどうこうだとか、そんな話が聞こえたような気がしたから、確認しに来ましたのよ！　そんな小さな子に寄って集って何をするつもりなんですの!?」

（うん。やっぱり見えてますね……）

男達の行為を糾弾する少女と、状況を把握しようとするクレア。一方で、男達は心当たりがあるのか眉を顰《ひそ》めて小さく舌打ちをするも、少女とは違ってクレアが見えていないためにまだ少し困惑しているのが窺えた。

「何を言ってるんだか分からねえな。どこにそんなガキがいるってんだ？」

「あなたこそ何を言っていますの？　そこに——」

「いますよ」

クレアが男達から少し距離をとりつつ隠蔽結界を解いて姿を見せる。結界を解く瞬間に、心の中でスイッチを切り替える。即ち普段の状態から、戦闘用のそれに。

「何……？」

「ど、どこから出てきやがった？」

「何も見なかったことにして立ち去っても良かったんですが……。助けに来てくれた人が巻き込まれそうというのは、ちょっと看過できないので」

そう言って、男達と向き合うクレア。

「師の教えもあります。あなた方に顔を見せることはできませんし頭を下げることもできません。何もなかったことにして立ち去ってもらえませんか？」

「ガキが……ふざけやがって」

「ガキなら黙って大人しく言うことを聞いてりゃいいんだよ！」

「危ないですわ！」

一人が激昂してクレアに掴みかかろうとしたのを見て、少女が声を上げる。

「がぁっ!?」

悲鳴が上がった。但し、男の口から。

既に建物の間に張るように展開してあった魔法糸に小さな石を番え、スリングのように放ったのだ。ぎりぎり大きな怪我をさせない程度に抑えた威力ではあるが、死角から小石を手の甲に撃ち込まれた男は、予想もしていなかった痛みに悶《もだ》える。

足を止めて悶える男にクレアの周囲に蜘蛛の巣のように張り巡らされた極細の糸が服の隙間《すきま》から侵入し、足首に絡む。そして――。

「ぎっ!?」

テーザーガンの要領で非致死性の雷撃を叩き込めば、バランスを崩して男が転倒し、その身体が反《そ》って悲鳴が上がる。クレアの固有魔法は他の魔法の起点とすることが可能だ。運用効率が良く強度も高いために、組み合わさることで威力も高まる。

「こ、こいつ！　何をしやがった……！」

焦ったような表情で男達が腰に吊るした武器に手を掛けるも、そこに少女が飛び込んでくる。

「おやめなさい！」

「うおおっ⁉」

手首を掴まれて足を引っかけられた男の身体が一回転して、路地の石畳に肩から落とされる。何かの護身術――その光景を視界の端に捉えつつ、クレアの糸が残りの男達も捉える。

通常のテーザーと違うのは、糸を絡めることで任意の部位にショックを与えられることだ。四肢の筋肉を麻痺させ、これによって確実に相手の行動を阻害する。

「うぐああ⁉」

電撃を持続的に浴びせられた男達が石畳の上で悶絶する。その間に男達の取り落とした武器を離れた場所に放り投げる。驚きの表情を浮かべて電撃を浴びている男達。それを見ている少女の前に割って入るように立って距離を取らせると、クレアは一度電撃を解いて言った。

「大人しくしてもらえませんか？」

「こ、この……うぐあああっ！」

悪態を吐こうとした男に再び電撃が走る。一度電撃を解き、動こうとするたびに2度、3度と電撃を叩き込んで地面に転がす。電撃を流すたびに時間が長く、少しずつ強烈になっていくように調整していた。これもロナの教えだ。辺境伯領は力の論理で動いている部分があるのだから、正当性があるのなら舐められないようにしなければならないと。

要するに「言いがかりは叩き潰しちまいな」というものである。

「分かった！　分かったからやめてくれ！」

一人が堪《たま》らずに叫ぶと、クレアが指を鳴らし、不意に電撃が掻き消える。見えないように調整された細い糸は絡んだままだ。寝転がったまま男達が荒い息を吐いていると、クレアが腹話術で言った。

「次を最後の警告にしますね。これを聞き入れないなら、行動できない程度に怪我をさせて兵士達に突き出すつもりですから、よく考えて行動してください。良いですか？」

「あ、ああ」

「何もなかったことにしませんかというのは、親切心からです。次に因縁をつけてくるようなら、この程度では済まさないと思ってください。一々怪我をさせない程度に対応するのは手間なので」

「……わ、分かった」

「お、俺達が悪かったよ」

クレアは男達の言葉に頷き、少女の手を引いて路地を出る。そこでようやく魔法糸や隠蔽結界が消えて、大通りの喧騒が戻ってきた。クレアの切り替えた心理状態も平常モードだが、それと同時に握っていた手を遠慮がちにそっと放す。

その変化に縦ロールの少女は驚きながらも、路地の方を少し振り返って地面に座り込んで放心している男達を一瞥《いちべつ》してから口を開く。

「怪我がなくて良かったですわ。その……私が助けに入る必要はあまりなかった気もしますが」

「……いえ、嬉しかった、ですよ。ありがとうございます、お姉さん」

クレアが人形と共に一礼して礼を言うと、少女は目を瞬かせた後で少しはにかんだように笑って頷く。

「クレアと言います」

「セレーナと申しますわ」

二人は先程の路地から離れるように歩きながら自己紹介をし合う。兵士達も巡回している大通りまで戻って来れば、仮に先程の男達が追ってきたとしても問題はない。と言っても先ほどの電撃で格上の魔法使いだと悟ったらしく、その気配はなかったが。

「それにしても――領都の魔法使いはハイレベルですわね。貴女程沢山の魔法を同時に纏っている方、私初めて見ましたわ。操り人形の動かし方も、とても見事です」

「えっと。あり、がとうございます。修行中でもありますので、人形繰りについてはそういうものだと思って頂ければ」

人形繰りの感想に感謝の言葉を述べつつ――クレアにとってはああやはりという納得があった。

クレアは男達が路地に入ってきた時点で隠蔽結界を展開していたのだ。だというのにセレーナは迷うことなくクレアの姿を見ていた。

魔法やその知識があまりないのかも知れない。だからこそ、当たり前のように「魔法を纏っている」などと言葉にしてしまう。

そういう通常とは違う――切り札にもなり得るものをなんでもない場面で明かしてしまうというのは、魔法使いや魔女のする行いではない。

感知魔法を発動させてみても、セレーナはそうした探知系の魔法を使っていない。

そして……やはり目に不思議な魔力反応があって、それを隠蔽していないのだ。

セレーナも固有魔法か、或いは特殊な魔眼のようなものを持っているのかも知れない。それならばクレアの持っている知識で説明がつく。だが、クレアとしてはセレーナが自身の力に無自覚であるというのは、どうしても気になってしまう話であった。

素性は分からない。貴族や大店の令嬢のような雰囲気と物腰だとは思うが姓を名乗っていない。隠しておきたいのか事情があるのか。ただ、悪い人間ではなさそうだ、ともクレアは思う。それだけにもう少し話をしておく必要があった。

「折角知り合えたのですし、この後お時間があれば一緒に何か……食事か飲み物でも如何《いかが》でしょうか？　お礼も兼ねてなので奢《おご》らせてください」

「それは――あまり大したことをしていないので悪いですわ」

「いえ……私のほうがセレーナさんと知己を得ておきたいのです。その、帽子を脱いで顔を見せられないのは申し訳ありません。人の多いところで顔を見せてはいけない決まりがあると言いますか……」

「ああ。先程もそのようなことを仰っていましたわね」

身体を小さくする少女人形《リリー》にセレーナは納得したような表情になり、それから少し考えて「では、お言葉に甘えさせて頂きますわ」と、応じる。

「セレーナさんはどこか美味しいお店を知っていますか？　実は領都に来たばかりでして」

「実は私もなのですわ」

「そうだったんですか。それじゃあ……大通り沿いで、良さそうなお店に入るということで」

「では、お店選びはクレア様にお任せしますわ」

「おっと。責任重大ですね」

「ふふ」

そんな会話を交わしながら二人は大通りを進んでいった。

「あのお店なんてどうですか？」

「明るくて良い雰囲気ですわね」

二人が食事をすることに決めたのは、表通りにテラス席のある宿だ。昼時ではないが何人かの客はいる。

初対面であるしオープンな場所で食事をしたほうがセレーナもきっと気が楽だろうという判断だが、クレア自身が店の見た目や雰囲気を少し気に入ったというのもある。

何が有名な店なのかといった予備知識は全くないので、店員のおすすめを聞いて、二人ともそれを注文する。それからクレアは周囲に消音の結界を張る。

「あら。先程も使っていた魔法ですわね？」

「音が外に漏れないようにしているのです。さっきは姿を消して、追ってきている人達を確認しようと思ったことがあると言いますか……」

「ああ。だからあの方達とは話が噛み合わなかったのですわね。あれ……？　ということは助けて頂いたのは、私のほうなのでは？」

セレーナは先程の出来事を整理して微妙な面持ちになった。

「助けて助けられてはお互い様ということでいいのでは。そういう人と会えたというのが喜ばしいと思っての行動ですし」

「確かにそこはそう……かも知れませんが」

「それで、今魔法を使ったのはですね。少し変なことをお聞きしたいからです。唐突ですが、私の髪の色ってどう見えます？」

「綺麗な御髪ですわね。薄いブロンド……。プラチナともシルバーブロンドとも言い切れない色合いで、そこに……何か魔法の光を纏っているので、キラキラしていて素敵ですわ」

「なるほど……。やっぱりと言いますか、セレーナさんにはそう見えているんですね」

クレアが言うとセレーナは不思議そうに首を傾げる。

「これは、髪の色を魔法で変えているんです」

少女人形がクレアの髪を一房手に取る。

「そう、なんですの？」

「はい。本当は茶色に見えるはずなんですよ。その……髪の色が珍しいと人攫《さら》いや同業者に狙われてしまう可能性があるので。ですから……他の人には本当の髪の色とか、話さないでいて頂けると助かります」

別に不機嫌ではないというのを示すように笑みを浮かべ、少女人形の口の前に人差し指を立ててクレアが言うと、セレーナは驚きの表情を浮かべ、それから真剣な面持《おもも》ちになる。

「分かりましたわ。他の方々には秘密にします。その……魔法に疎くて。気を遣わせてしまって申し訳ないですわ」

「助かります。ただ、それが気になるからというだけで、こうやって話をしようと思ったわけじゃないんですよ。助けに来てくださったことと合わせて信用できる人だなと感じたわけですし、それでセレーナさんとの縁を繋いでおきたかったというのは……さっきも言った通り本音ですから」

「そ、そうなんですわね」

照れたような反応を見せるセレーナである。

「それから……もう一つ理由があります。少し差し出がましいお話かも知れませんが、セレーナさんがそうやって色々なものが見えてしまうことは、なるべく秘密にしておいたほうが良いんじゃないかなと思いまして」

「と仰いますと……？」

「理由は私が髪の色を変えてるのと同じですね。そういう異能は、狙う人がいるっていうこともありますし、いざという時の命綱や切り札になり得るものなので……。簡単に明かしてしまったあたり、魔法にはお詳しくないのかなとは思っていました」

「それは……確かにそうですわね。世間知らずでお恥ずかしいですわ」

「いやあ……。私も世間で魔法がどのぐらい知られていてどんな認識なのか、常識に疎い部分がありますので……知識がある部分だけのことですよ」

少女人形がパタパタと横に手を振り、セレーナもそれに少し笑ってから応じる。

「実は――トーランド辺境伯領で魔法を覚えたいという考えがあったのですわ。少し事情があって、魔力はあるらしいのに指導してくださる人がいなかったと言いますか、魔法を学ぶ機会がなかったので……。それにここならお仕事もありますもの」

「お仕事ですか」

「そうですわ。冒険者になって周囲の魔法の使い方を見て学べる部分は学びながら、大樹海で修行をと。多少腕には自信がありましたので」

セレーナは腰に佩いた細身の剣に視線を落とす。

剣の腕を見たわけではないが、先程割って入って男を投げた手並みや身のこなしはクレアから見ても見事なものだった。

男が動き出した後に踏み込んできて投げていたから、完全に動きを見切っていたのだろう。もしかするとセレーナの目の良さは魔力が見えるだけでなく、動体視力にも及ぶのかも知れない。

周囲から魔法を学びつつ生活基盤を作るというのは確かに不可能ではない。玉石混交ではあるが冒険者達の中には実力者も間違いなくいて、そういう意味ではチャンスが転がっている場所だと言える。

ただ……それは多少なりともセレーナの人となりを知ったクレアとしては心配になってしまう話だ。

セレーナの育ちは良さそうだ。貴族家か大店《おおだな》の令嬢か。出自は分からないが冒険者に交じって大樹海での探索や討伐を行いながら実地で魔法を学ぶ等と言う選択肢は、普通ならしないのではないだろうか。そうしなければならない何かしらの事情はあるのだろうけれど。

魔法に関しては、クレアとて教えることはできるだろう。道中で立ち寄ったあの村は大樹海に近い拠点の一つではあるが、そこを根城にしてくれるなら継続的に関わるというのは不可能な話ではない。

(けど、それをするならロナに話をする必要がありますね……。私は見習いなわけですし、常識が足りていないから、分からないことは相談するべきです)

余人に教えて良い知識や技術なのか。その辺融通が利くとして、セレーナに伝えても良いのか。その辺は礼儀としてもクレア一人で判断していいことではないだろう。よしんば魔法の指導やアドバイスが無理だったとしても、大樹海での立ち回りを教えるだとか、できることはあるのではないだろうか。そこまで考えを巡らせたところで、クレアは言う。

「なるほど……。この後、お時間はありますか?」

「冒険者ギルドでの登録は済ませていますから、特に急ぎの用はありませんわ」

「では――そうですね。お話の続きは、食事を取ってからということで」

店員が注文した品を運んでくるのを見て、クレアが言う。セレーナの目にはその言葉と共に人形が微笑んだように見えた。

「私は冒険者というわけではなく、領都には薬を売りに来ているんです」

「てっきり冒険者の先達かと思っていましたわ」

食後の茶を飲みながらもクレアは領都を訪問している目的を話す。木のカップに触れながらも相槌を打つセレーナ。

「それで……薬を作るための素材の関係で、大樹海には多少詳しいのですが、あそこは本当に危ないですよ。知識と対策をきちんとして行かないと、浅い場所でも怪我では済まないということが多々あります」

「クレア様程魔法を使える方がそう仰るのであれば……事実なのでしょうね」

セレーナは顎に手をやって思案を巡らせていた。その表情は真剣……というよりも深刻といったほうが近いのかも知れない。

(危険なのは承知の上での選択……なんですかね)

クレアにセレーナの事情は分からない。しかしたとえ諦めるにしても、抱えている問題があるのなら他の方法で解決しなければならない。それが金銭であれ、他の何かの問題であれ。

実際、大樹海から得られる資源は金銭になる。遺跡絡みの一攫千金など無理に狙わなくても、稼いでいくことができる能力や自信、知識と経験があるのなら大樹海に立ち入るというのは十分に選択肢に成り得るし、そちらのほうが一般的だ。若くてもセレーナは腕が立ちそうだからなおさらだ。

しかし年齢が若く、実績や人脈という面では微妙だろう。だから実力主義のトーランドで冒険者というのは、分からない話でもなかった。どちらも補うことができる近道だからだ。

「――うん。やっぱり食事に誘って良かったです。師匠の許可があれば……大樹海のこととか魔法のこととか、私からも少しはセレーナさんの手助けができるんじゃないかなって思うんですが……」

「そ、それは本当ですの……!?」

クレアの言葉に、セレーナは思わずといった様子で椅子から腰を浮かせた。

「はい。けれど、私も修行中ですので。師の教えてくれたことを勝手に他の人に伝えるというわけにもいきません」

「ああ。それでこの後時間があるかを確認しましたのね」

「そういうことです」

クレアが頷く。セレーナは少し冷静さを取り戻したのか、静かに椅子に腰を下ろす。

「とてもありがたいご提案ですわ。けれど……どうして初対面の私にそこまでしてくださるのですか？」

セレーナが尋ねると、人形が腕組みして首を傾げた。

「うーん……。知り合ってしまったからですかね……。それに自分の知っていることを人に説明するというのは、知識や考え方を整理して自分の修行にも繋がりますので、私自身にも利がない話ではないんですよ？」

「なるほど……」

セレーナはクレアの言葉に苦笑を浮かべる。

勿論、セレーナが悪人ではなさそうというのがクレアには大前提としてある。他者に教えることが自分の勉強にもなるというのは、前世での経験に基づくものだ。

そして……自分とて他の誰かに助けられてきたのだからと、そういう思いもあった。

「クレア様のお話に感謝しますわ。まだそうなると決まったわけではありませんが、お力添えをご提案頂けたこと、とても嬉しく思います」

セレーナは姿勢を正しクレアに一礼する。そう言われたクレアもまた頷く。

「はい。師の返答がどうなるにせよ、夕食の時間までには宿に戻ると約束していますので、もうしばらくしたら移動しましょう」


「……ふうむ」

ロナが所用を終えて宿に戻ってくると、クレアも程なくして戻ってきた。早めに戻ってきたので夕食にはまだ少し間がある。

クレアは……ロナとは面識のないブルネットの少女を連れていた。1階の食堂でのんびりと茶を飲んでいたロナであったが、二人の姿を認めるとそんな声を漏らしてからカップを傾ける。

「ええと、街で知り合ったセレーナさんです。セレーナさん、私の師匠のロナです」

「は、初めまして。セレーナと申しますわ。お寛《くつろ》ぎ中のところ、申し訳ありません」

「ま、別に構わないがね。察するに、何か話があってここに連れてきたってことかい？」

恐縮している様子のセレーナに言ってから、クレアに視線を向ける。

「はい。知り合った経緯から順を追って説明していきたいのですが良いでしょうか？」

「そうしとくれ。セレーナだったかい？　あんたも緊張してるみたいだがね。座って楽にするといいさ」

「し、失礼致しますわ」

クレアとセレーナがテーブルを囲むように腰を落ち着け、それからクレアが話を始める。

尾行されたので姿を消してその相手を確認したら門のところで出会った男達であったこと。そこに街で男達の不穏な話を聞いたセレーナが助けに来てくれたこと。

セレーナは本来目に映る現象として見ることのできない魔法を視覚的に捉えていて、隠蔽の結界や髪の色の偽装を見抜いてしまったということ。その後の食堂でのやり取り。そういったことを一つ一つ説明していく。

ロナはクレアの話に時々頷きつつ耳を傾けていたが、一通り話を聞き終わると納得したというように声を漏らす。

「――なるほどね。連れてきた理由も頷ける。面白いのを引き当ててきたもんだ」

そう言ってセレーナに視線を向ける。ロナから見られたセレーナは少し居住まいを正す。

「まず、あんたのその目。そいつはクレアの見立て通りさね。能力を行使してる時も見た目が変わってない。つまりは魔眼の類じゃないから常時発動型の固有魔法だろ」

「固有……魔法」

「これまで魔法と接点を持ってなかったみたいだから自覚や知識がないようだが、稀有な才能さね。但しそういう常時型ってのは、使える魔法の種類に向き不向きが大きく出やすい」

その言葉に、自身の目のあたりに手をやるセレーナ。

「だから、今回クレアの偽装がバレたってのは例外中の例外みたいなもんではある。固有魔法を除けば、普通は見破るのにいくつかの手順や方法があって、そこの部分が見破れるか見破れないかの焦点になってくるもんだ。ちょいと確認してみようか。コインを投げるから、出る目が表か裏か、当ててみな」

言いながらロナは硬貨を取り出し、指で弾いて空中に打ち上げる。不自然に高速回転する硬貨を空中で掴み取るとセレーナを見やる。

「掌を開いた時、裏が上に来る……と思いますわ。何か魔法がかかっていたように見えたので、それが結果に影響しないなら、ですが」

「ふふん。なるほど。そう見えるってわけかい」

ロナは楽しそうに言うと、閉じていた拳を開く。その手の平には裏面を見せた硬貨があった。

「クレア。今使っていた術は？」

「二つですね。コインの回転速度を上げる術と……幻術ですね。幻術のほうはコイン自体の表裏を分からなくしています」

突然水を向けられたクレアが人形を介して答える。セレーナへの質問とは違った。

「正解さね。両方表に見せてたから、本来表裏なんて断言できるはずがないんだよ。物を見るための力と、魔法に左右されずに見破っちまう力。両方を備えてるんだろうね」

ロナの分析に、クレアとセレーナは揃ってふんふんと頷く。そしてその分析はクレアの見立て通りでもあった。

「確かに、周囲の方々が速いと仰る物の動きでも……集中すればゆっくりに感じるということは過去にもありましたわ。後は、魔法も……。かかっている魔法によって煌めき方が違うから、てっきり魔法とはそういうものかと……」

「慣れれば普通は見ることのできない魔法を目で見分けることができそうだねぇ。無自覚だったってのも分かるよ。生まれつきの常時型ならそれが生まれた時から当たり前に見えてる光景なんだからねぇ」

後天的に固有魔法に開眼すればまた話は変わるのだろう。或いはクレアのように前世との違いが明確にあれば気付きやすいのだろうが、それは更に特殊な事例だ。

「色々と腑に落ちることばかりですわ……。これまで魔法の指導をしてくれた方は私に十分な魔力があると認めてくれましたが、得手不得手が出やすいから私のほうが上手く指導に応えられなかった……ということですわね」

「ま、自覚のない固有魔法も含めての知識と分析ができなきゃ、あんたに魔法をうまく指導するのは無理だろうさ。そいつらを責めるのはちょいと酷かも知れないねぇ」

有用な固有魔法ではあるが、それで苦労してきた部分も多いらしく、しみじみと言うセレーナにロナは少し肩を竦めて応じた。

「で、クレアの希望はセレーナに魔法や大樹海の知識を教える手伝いをしていいのか、あたしに許可が欲しいってことだったが……」

「はい。あの村を拠点に活動すれば、継続的に手伝ってもらうことができるんじゃないかと思っています。今のロナのお話を前提にするなら、検証することで得手不得手も見えてくると思いますし」

「あんたはそういう検証だのは苦にしていないだろうからね。だが、その結論を出す前にちょっと聞いておきたいことがある。セレーナ。あんた、貴族の出だね？」

ロナが視線を向けると、セレーナは「そうですわ」と真剣な表情でその言葉を肯定する。

「私の事情を話さずに許可を頂くことはできないと考えております。ロナ様にもクレア様にも、このことを聞いてから判断して頂きたく存じます」

「まあ……そうかもね。結界は張ってあるよ」

「はい。……私の事情はこうです」

セレーナは一旦言葉を切ると、自身の事情を話し始める。

「私は、王国の南にあるフォネットの出身です――フォネット伯爵家に生まれました」

「フォネットか。鉱山が有名なところだね」

「そうです。しかし、その鉱山には強力な魔物が住み着いて、一帯が危険地帯となってしまったために立ち入りができなくなってしまったのですわ。お恥ずかしながら……伯爵家の財政はそういう事情もあり、大分前から少しずつ悪化していたのです」

「それは聞いたことがあるね。鉱山地下に竜が住み着いたんだったか」

「そうです。鉱物資源を好んで集める性質があるようで、採掘や開発、輸送もままならず。討伐をしようにも相手は竜ですから……」

「それも難しい、ということですか」

クレアが言うとセレーナは表情を曇らせたままで目を閉じた。

「お金がなければ討伐を可能とする人員も集められません。両親も兄も、色々と奔走しているのですが……。私は魔力を有し、剣の才能もあるからと期待もされたのですわ。ですが……」

「魔法の芽が出なかったわけだね。領地の経営にしろ竜をなんとかするにしろ、魔法でどうにかなるって考えるのも分からないでもない」

「はい。魔法の指導ができる方を招聘《しょうへい》するにもお金がかかります。ましてや高名な方となれば……」

何をするにも先立つものが必要で、経済的に逼迫《ひっぱく》しているフォネット伯爵家にはそんな余裕はなかった。手の届く範囲での術師を招いたが、彼らにはセレーナを指導するだけの知識や経験が足りない。

「そうしているうちに私に縁談の話も来ました。経済的な支援も約束してくれました。しかしこれが――40も歳の離れた方で……」

「足下を見てきたわけですね……」

「はい……。私はそれでも良かったのです。剣に自信があっても彼《か》の竜には届きません。両親や兄、領民達の期待を受けても――私はなんの役にも立てていませんわ。そうであるならば縁談を受けようと思ったのです。しかし」

両親も兄も、その縁談を突っぱねたのだとセレーナは言った。

一時の金欲しさのために娘が不幸になると分かっていて売り払うような真似はできないと。それは年齢だけでなく、相手の評判を加味しての判断でもあった。

「けれど、それでは私の気が済みませんでした。役に立ちたいのならば。魔法の芽を出したいのならば。その方法を何か見つけなければなりません」

「そこで目を付けたのがトーランド辺境伯のところってわけかね」

「はい。ここでなら剣と魔法の修行もできますし、実家に仕送りもできますわ。領民を富ませられる程になるかは分かりませんが、彼らの生活を助けるための物資も手に入れて送ることができるでしょう。冒険者としての実力と実績があれば、実力者の方々との人脈も作れますもの」

トーランド辺境伯領と大樹海は実力主義だ。セレーナの魔法の才が花開き、剣の実力が認められれば、更なる道も開けるかも知れない。

「功名心を持ってるような実力者との繋がりもできる……ってとこかね。竜を倒す名誉に対する興味と実力、討伐隊に支払うための報酬も貯められるか」

「そう考えたからこそ、こんな思い付きに両親も仕方がないと納得してくれたのだと思いますわ。少なくとも、私に来ている縁談を飲むよりは良いという判断でしょう。私が家名を名乗らないのは、芽が出ない場合に家名に傷をつけないため、ですわね」

少し自嘲気味に笑うセレーナ。

「なるほどねえ……」

ロナはセレーナの事情を聞いて少し思案していたようだが、やがてクレアとセレーナが見守る中、口を開く。

「まあ、あたしから習っていることを他の誰かに伝えるために、許可を取りに来るってのは筋としては正しいね。事情を話して、その資格があるかどうかを確かめてもらうってのもだ。そこで、だ。条件次第ではセレーナの指導を手伝っても良い」

「条件、ですか？」

「ああ。そんな難しい話じゃないよ。そこのクレアに、ダンスだとか儀礼や貴族の作法だとか、昨今の王国貴族の事情も教えてやっとくれ。そういうのも習ってるんだろ？」

ロナに言われて、クレアの腕の中の人形が小首を傾げながら自分を指差す。

「は、はい。習っていますが、魔法の対価がそれでよろしいのでしょうか？」

「魔法の対価にしちゃ安いと思うのならそりゃ違う。価値ってのは人や場所によって違う値段がつくもんだろ。要するにあたしにゃ教えられないことだからね。通り一遍のことは伝えられてもそれは単なる知識上のもの。精通しているわけじゃないことを人に伝えるってのは、教えるとは言わないのさ」

元々、ロナはその辺のことをクレアに伝えるためにどうすべきかを考えていたところなのだ。だからセレーナと出会ったことは渡りに船と言えた。継続的にクレアにそういう知識を伝えられて、ある程度信用できる人物となるとそう多くはあるまい。

加えて言うなら、クレアとはまた違う種類の固有魔法を持っている人物ということで、ロナ自身興味が湧いたというのもある。

これでセレーナが最初からロナを目当てに近付いてきたのであれば、ロナもこうは言わなかった。

しかしセレーナは領都に出て来たばかりで魔法に疎いというのも本当のようだ。クレアの師と言うことで緊張はしていても、名前を聞いても大した反応を示さなかった。

クレアも安易にロナには頼らず、自身でどうにかしようと考えていた。そこにセレーナの事情など、諸々に鑑《かんが》みてそれでも良いかと考えたというわけである。

「……分かりました。それが対価になるのであれば、責任を以て私の知る限りをクレアさんにお伝え致しますわ」

セレーナの言葉にロナは満足そうに頷く。

「良いだろう。それじゃ、この後の話だ」

「やはり、セレーナさんも俺に？」

「それが良いかね。指導の度に村に行ってそこでってのは面倒だし効率が悪い」

「高度なことも視野に入れるなら、人目にもつく可能性もあって良いことがないですからね」

「ああ。金が必要なら修行の中で集めたものや作ったものを領都に売りにくればいいのさ。それで冒険者としての仕事や実績にも繋がる。けれど、その辺りはあんた達で工面するんだね」

ロナとしては別に当面は困らない程度に蓄えもある。そもそも必ずしも金銭を必要としていない生活ではあるが。だから、薬作り等の収入やら素材を売却した金はクレアとセレーナの間で折半するなり、話し合って好きにすればいい。

「ありがとうございます、ロナ」

クレアが礼を言う。

「俺、ですか？」

「はい。実は私達大樹海に住んでる魔女と、その見習いなんですよ」

「えっ……？」

「ふふふふ」

思わず声を上げるセレーナに、人形が楽しそうに肩を震わせるのであった。

第6章　これからのことと、少し昔のこと

クレアの領都初訪問はこうして幕を下ろし、セレーナを迎えての新しい日々が始まった。

セレーナの手持ちは少し心許《こころもと》ない部分はあったが、明日からの宿泊先はある。一先ず住環境には困らないということもあって、浮いた分でそのままクレア達と同じ宿に宿泊することができた。3人とも領都ですべきことは既に終えているということもあり、明くる日そのまま出発することとなった。

領都を出て、郊外まで少し街道を歩いたところでロナが足を止める。

「ま、この辺から乗っていけば良いかね。セレーナは――あんたの後ろで大丈夫だろ？」

「任せてください。帰りは大樹海の近くまで箒に乗っていきます」

「箒、ですの？」

「箒です。適性があればセレーナさんも一人で乗れるようになると思うんですが、この辺は試してみないと分からない感じがしますね」

そう言いながらも人形が鞄の中から2本の古びた箒を取り出し、1本をロナに渡す。

明らかに鞄よりも長い箒が出てきたことにセレーナは目を剥《む》いていた。

「私の後ろで箒に跨《また》がって、しっかりと私の腰に掴まっていてくださいね。命綱はつけておきますから安心してください」

「ええと……こう、ですの？」

「そうです」

クレアの言葉と共に光る帯のようなものがセレーナの身体に巻き付く。それを知る者が見れば、現代日本の高所作業者が付ける安全帯のような構造、とでも表現しただろうか。そのまま帯はクレアや箒にも巻き付いた。

「セレーナさん、空を飛びますが準備は良いですか？」

「そ、空を……？　飛びますの……？　わ、分かりましたわ」

緊張した面持ちで生唾を飲みながらもセレーナが答える。

「それじゃ、行くとするかね。初心者もいるからね。最初はゆっくり目に低空を飛ぶとするか」

それを見届けたロナが言うと、跨った箒がふわりと浮かび上がる。それに驚く間もなく「行きます」というクレアの言葉と共にセレーナの身体が不思議な浮遊感に包まれた。

「え、え、えええ……ッ!?」

爪先が地面についていない。浮遊感に包まれたまま少し高度が上がって、二人を乗せた箒が滑るように前方を行くロナの後に続く。

「大丈夫ですか、セレーナさん」

少し進んだところでクレアの肩に掴まった人形が背後のセレーナを見て尋ねる。

「だ、大丈夫ですわ……。も、もしかして私は凄い方々に師事してしまったのでは？」

「ロナはともかく、私は見習いですよ」

そんな話をしながらもクレア達はロナの庵がある方向目掛けて進んで行くのであった。

大樹海の上空を飛ぶと領域主が狩りに来る。そのため箒で行けるのは大樹海のすぐ近くまでだ。そこからは歩いていくという話に緊張していたセレーナであったが、大樹海に入ってからの最初の感想としては、こんなにあっさりと進むことができて良いのか、というものだった。

進行方向の木々や茂みは勝手に避けていくし、あちこちに不穏な濃い魔力が残滓《ざんし》のように残っていたりするのが見えるのに、魔物には一向に出会わない。

ロナとクレアの動きから魔物を感知して避けているというのは分かる。クレア達の周囲に外側から小さな波紋のようなものが飛んでくる。

クレアの掌にある光のコンパスがその波紋に応じて反応し、二人はそれに合わせて動きを変える。魔法の作用を視覚的に捉えることができるセレーナには興味深い光景だった。

だが、魔物の放っている反応はそこかしこから飛んでくるのだ。普通に進んだらすぐに魔物に遭遇するだろうということがセレーナには理解できた。

かなりの危険地帯だと知っていたし覚悟もしていた。しかし、まだ安全と思われる場所ですらセレーナの想像を上回っているのだ。自身の見積もりはかなり甘かったというのを悟る。

「私の見通しが甘かったですわね。クレア様が忠告してくださった通りですわ」

「普通に進んだら鬱蒼とした森ですからね。もしかして探知のための反応も見えてますか？」

「はい。それらしきものは」

「普通の冒険者はこんな拓《ひら》けてない場所は探索しやしないから、それは差し引いたほうが良いがね」

肯定するセレーナにロナが答える。

「冒険者の皆さんは先人が切り拓いた大樹海の小道を基点に探索しているようです。普通なら、今歩いているところよりは、比較的安全なんじゃないかと思いますよ。魔物達も、手慣れた冒険者達が多く利用しているような場所で攻撃を仕掛けるのは避けますからね」

だが、その場合、冒険者達にとっては競合相手が多くなるのでチャンスや資源も少なくなってしまう。安全な場所なら実力に劣る者も採取が可能になるからパイは少ない。

より多くを求めるなら魔法なり茂みを切り開くなりで、木々を掻き分けて進み、ある程度のリスクを許容する必要がある。冒険者達は事実そうしていた。

だからこそ……こんな風に木々があってないが如く大樹海の中をするすると進み、片手間に素材を集めながら魔物を避けていく二人の動きはセレーナには衝撃的であった。

本当に森の中を進んでいるのかと思う程の速度で奥へ奥へと進んでいき――――突然視界が開ける。

「これは――――」

その光景を見た時、セレーナは言葉を失った。

柵の内側に明るく牧歌的な光景が広がっていた。茅葺《かやぶき》屋根のこぢんまりとした風合いの建物。その周囲には井戸や作物や果樹があり、離れや家畜小屋らしき建築物もある。

母屋の前には鮮やかな色や淡い色の花も植えられていて長閑《のどか》な雰囲気だ。だというのに柵の一歩向こうは全方位、歩いてきた魔境と一切変わらない鬱蒼とした森に囲まれている。

いくつかの人影もあるが、それは土を固めて作り出されたゴーレムのようだ。

柵を境にしてドーム状の煌めきも見える。これは魔物を避けるための結界だ。しかしこれまでにセレーナが見たどんな結界よりも美しく、存在感のある光のヴェールという印象であった。

「到着ですね。ようこそセレーナさん」

クレアの肩に乗った人形が歓迎するように両手を広げた。

「当面はここで修行しながらの暮らしだね。柵の内側だけで窮屈かも知れないが、とりあえず生活する上で問題はないはずだ。というか、迂闊《うかつ》に一人で外に出ると死ぬから気をつけな」

「わ、分かりましたわ」

なんでもないような口調からの重大な警告に、セレーナの表情が引き攣《つ》る。当たり前のように言ったのだから、きっと当たり前のように死ぬのだろう。そう確信できる言葉だった。

「よし。それじゃクレア。あんたはセレーナに柵の内側にあるものと、そこで普段やってることを教えておきな。その後は少し休憩でもして、物置にあるものを二人で片付けて、そこをセレーナの部屋として使うといい」

「出したものはどうします？」

「物置小屋でも作るか。あの辺をちょっと拡げておくから、小屋作りはそっちでやりな」

「了解です」

ロナの指差した方向を確認したクレアは人形と共に軽く答えるのであった。

セレーナはそのまま、クレアから敷地内にあるものを一つ一つ教えてもらった。

家畜小屋では山羊と鶏が飼われていて毎朝ミルクや卵を得ているとのことだ。餌やりや小屋の掃除等は必要だが毎日の食卓を豊かにしてくれる。チーズやヨーグルトも自家製だとか。

渡り廊下で繋がった離れにあるトイレは扉を開けると、光沢のある石のタイルを使っていて、何やら非常に衛生的だった。魔法がかかっているようだ。それで清潔に保っているのだろう。

花の香りが漂っていて、王宮のトイレはこんな感じだろうかとセレーナに思わせるものだった。

そして――トイレの隣には驚いたことに風呂がある。こちらも洗い場や浴槽が広々としていて明るい雰囲気で衛生的だ。

「……設備が充実していますわね。逆に村や街に行った時に物足りなさを感じてしまいそうですわ」

「毎日使うものですし、人里から離れているからこそ快適なほうが良いですからね。ロナには最初やりすぎじゃないかと言われましたが、今は気に入ってもらえてますよ」

「え。クレア様が作ったものなんですの？」

「いえ、改装ですね。案を出して良さそうだったら採用してもらって、そこから更にと言う感じです」

トイレも風呂も、そうやって少しずつ改装を重ねてきたものだという。離れの裏手にタンクがあり、そこに地下水だけでなく、濾過《ろか》した雨水を浄化したものを溜めて使っているそうだ。井戸があるから水が使えるのはともかく、大樹海なのにある程度湯が自由に使えるというのはセレーナにとって全くの予想外だ。

そうやって敷地内にあるもの、その使い方や日々行っている仕事の内容。その一つ一つをクレアは丁寧に説明してくれた。

最後に庵の裏手——敷地の外れに向かう。陽当たりの良い場所だ。そこにいくつか、石の墓標が立ててあった。

クレアは大樹海のどこかで採取していたのだろう。花を供え、目を閉じて黙祷《もくとう》を捧げる。恐らくはロナかクレアの関係者なのだろうが誰の墓所かは分からないし、デリケートな話題だからなんの気なしに尋ねるのも考えものだ。

セレーナも一先ずクレアに倣《なら》い、黙祷《もくとう》を捧げながらも今日からよろしくお願いしますわと、心の中で思う。

「ええと……これから共同生活をするわけで、ちゃんと顔を見せて……説明しておく必要がありますよね」

案内が終わった後の休憩中にクレアは帽子を取って素顔を見せることにした。人形を傍らに置き、鍔に手を掛け少し動きを止めた後……それから意を決したように帽子を取る。

セレーナが息を呑む。偽装魔法の上からクレアの本当の姿を見ることができるが……髪と瞳の色が神秘的なのも相まって浮世離れした容貌だ。これには本当に驚かされた。

だが、驚いてその目を覗き込んでいるセレーナに対し、クレアは何やらプルプルと小さく震えている。表情は変わらないのに、やがて俯いて帽子の鍔を引っ張るようにして深く被ってしまった。

「えっと……？」

「も、申し訳……ないで、す。なんだか、顔を見せているのが恥ずかしいと言いますか……人形抜きだと……とても落ち着かなくて。もう少し……慣れたら、なんとか……」

「あー。内気で人見知りって言えばいいのかね？　表情や態度にあんまり内心は出ないんだが、人形がないとちょいと挙動不審になる……ってのは確かにあったが……。この分だと知らない相手や知り合って日が浅い相手には、多分腹話術を使わないと普段の素じゃ上手く会話ができなそうだ」

「そ、そうなんですの……？」

「そうみたいだね。ま、人形を操ってる時もそうでない時も、言葉や態度に嘘はないからそこは安心して良いよ。それと、戦闘時も影響はないはずだ。その辺も指導しておいて正解だったね、こりゃ……」

最初に出会った時は底が知れない魔法使いで大人びているとすら感じていたが、今見ている印象は全然違った。ただ、ロナの言葉からするとセレーナが箒や俺の様子に驚いた時に人形が楽しそうな反応をしていたから、そういう子供らしいところもあるのだろう。

クレアのことを物腰は丁寧なのに物怖じしない性格なのかと思っていたセレーナだが、ロナによると実は全くそんなことはないらしい。

「り、人形《リリー》がいれば、大丈夫です、から。ほら、この通りです」

クレアは人形を引き寄せると、途端に口調も普通になった。しかしよく見ると口元は動いていない。腹話術である。

人形を手に取って立ち直ったように見えるクレアであるが、それは舞台上で演技をしているのと同じ要領でそう見せているだけで、内心では落ち込んでいたりする。あまり人前で口にしない人形の名前を呼んでいたりもした。

人形抜きだとか、感情のスイッチ切り替えなしでロナ以外の相手と接して顔を見せるのは今の自分になって初めてのことだが、前世よりも内気さがかなり増しているような気がするとクレアは感じた。殆《ほとん》ど表情に感情が出ない分、内心の動揺が激しくなっているような気がする。

よくよく考えてみれば身内と認識しているロナ以外の相手と、身一つで接したのは軽く10年以上は経っているという計算になる。それを差し引いても人形なしだとここまでだったろうか。もしかするとセレーナが自分の目のことを自覚していなかったのと同じく、固有魔法を保有することで何か無自覚な影響があるのかもしれないとクレアは考えてしまう。例えば、感情が表情にほとんど現れないことや人見知りのこともそうだ。

「後は……魔法で人形を操っている時は、油断してると感情が人形に現れる時があってね」

ロナの言葉を示すように、魔法で操られた人形はクレアの太腿《ふともも》に手をついて項垂《うなだ》れている。当人は大人しく座っているように見えるが内面はそうではないらしい。

「な、なるほど。いや、大丈夫ですわクレア様。私は……その、可愛らしく思いました」

というセレーナの言葉は本音でもある。不思議に思ったがロナから種明かしを聞いてしまえばプルプルと震えていたクレアは内気で可愛い子供と言えるのではないだろうか。

「うう。ありがとうございます……」

「さて。それじゃ修行の話も少ししとくかね。普段してることの話でもある」

クレアはトラブルを避けるために髪と瞳の色を魔法で偽装しているので、ロナに不意打ちで妨害魔法を浴びせられて、それを防ぐのが日常の中での修行であるから偽装が破られるのを見かけても気にしなくていいと語っていた。

言っている傍から実演というように大波が打ち付けるような魔力が不意にロナから放たれ、クレアはほぼ反射的にそれを受け流していた。

強烈な妨害魔法をいなそうとしている魔力の動きは、魔法に縁遠かったセレーナには見ていて興味深いものではある。

「ま、動揺した程度で偽装が破られちゃ困るからね。そこは良しとしよう。魔法の得手不得手の検証が進んだら似たようなことをセレーナにもやってもらうからね。勿論、力量や性質に合わせてだが」

「そ、それは……頑張りますわ」

「うん。仲間が増えましたね」

日常の中での修行という話なら――クレアとロナは常時魔法を多重に展開しているし、ちょっとした動作、仕事の中で魔力を用いた強化を行っているようだ。

「で、あんた、固有魔法以外は使えなくとも、魔力強化のほうならできるかい？」

「それは――はい。感覚的にですが可能ですわ」

「そうさね。初歩的な魔力強化は厳密には魔法じゃない。高度なものなら術式で更に増強ってのもあるが、魔力のある奴は意識を集中させるだけでも効果が出るからねえ」

「意識して気を張っていれば、同じように物がぶつかっても痛くなかったりするようなものですね」

クレアがそんな例え話をするが、ロナは頷いた。

「別に例えや冗談ってわけじゃないよ。魔力をある程度操れる者なら実際に皮膚や筋肉や骨の強度が上がってたりするんだ。で、強化を意識してできるってことは最初の段階——魔力を感じ取るってのもできてる。その上で……あんたには魔法を行使できる魔力の質と量もあるようだ」

ロナが半眼になってセレーナの魔力を観察する。

「はい。それも領地では確認していただきましたわ」

「よし。それなら、あんたもできるだけクレアと同じように日常の仕事の中で魔力強化を心がけな。最初はしんどいだろうが、その内魔力量自体も増えていく。ただでさえあんたは目の魔法維持で魔力を使ってるからね」

「分かりましたわ」

それで強くなれるのなら、セレーナに不満などあろうはずもない。停滞していた状況が一気に動き出しているようで、期待と興奮で胸が高鳴っていた。

魔力による身体強化については厳密には魔法ではないのでセレーナも可能だが、それは剣の打ち込みや踏み込みの瞬間だとか、鍔迫り合いの最中等、要所要所での使い方をしている。しかし、日常で何度も使うというのは結構大変だとセレーナは気を引き締める。二人ともセレーナがこれまでに見てきた術者達とは、魔力量が桁違いなのだろう。

ロナは自分の眼のあたりを指差してセレーナに言う。

「それでここからがあんたの眼の話だ。あんたの眼は無自覚に固有魔法を常に使い続けている。恩恵もあるが魔法を修得しようとした場合は……初心者なのに最初から二つの魔法を同時に使うことを強いられるわけだ。だから簡単な術であっても他の者より魔法の修得や行使自体が難しいし、得手不得手もかなり出やすい」

魔法は詠唱と動作で術を行使するために魔力を動かす。その過程がまず阻害されてしまうから相性の良い魔法でないと発動できず、魔力が動く感覚を反復練習でつかみ、無詠唱まで持っていくというのも難しくなるのだとロナは淡々と講義する。

「そ……そうだったのですわね……なるほど……」

ロナの説明は非常に明快で分かりやすいものだった。何より感覚的に躓《つまず》いていた部分に対する答えとして、腑に落ちるものだ。自身の内に魔力があることは分かるのに微細な動きとなると何か大きなものがあって途端に機微を感じ取れなくなるような――そんな感覚がずっとあったのだ。

「そこでだ。得意な部類の魔法、目の固有魔法と競合しにくい……或いは相性の良い魔法を探すことから始める。並行して内面に目を向け、固有魔法に割かれている魔力の動きを、自覚的に探って感じ取る。それができたら――クレア。あんたならどうする？」

ロナから水を向けられてクレアは思案を巡らせるように人形の顎に手をやって言う。

「んー。そういう仕組みで基本が同じなら……使える範囲の魔法を展開し続けて並行作業に慣れる……ですかね？　無詠唱もその延長で可能になっていくと思います」

「正解だ。それが一人でも進めていける基本の修行ってわけだ」

「私やロナが大樹海へ素材採取に行っている時でも修行できますね」

「ま、どっちかは俺に残っているだろうけどねぇ」

その会話に再び驚かされたのは、セレーナだ。今の言葉はつまりクレアが普段から一人で大樹海に入っているということを意味する。年齢については見た目通りと言っていた。セレーナにとっては先を歩んでいる姉弟子であるが、年下の少女なのだ。

「クレア様は普段からお一人で、大樹海に入っているのですか？」

「自分で対応できるところでしか活動してないですよ」

驚きつつも尋ねると、そんな返答があった。

「そうだが……クレアを基準に考えるのは止めときな。弟子入りして共に魔法の修行をするからには明かしておくが……クレアもまた固有魔法を持ってて、ちょいと事情が違うんだ」

一緒に暮らしている以上は隠したままで固有魔法の研究開発、研鑽《けんさん》するのはいかにも効率が悪い。そのために俺まで引き込んだというロナの思惑もあった。

「固有魔法……」

「えーと。これです。どう見えますか？」

少女人形《リリー》が差し示すと、クレアは広げた手の指先から魔法の糸を垂らす。

「私の目には――それぞれの指先から光る糸が垂れているように見えますわ」

とても細い糸だ。微細なので逆に遠くからならセレーナでも見えないかも知れない。

「ああ。この魔法に関しては見え方が同じですね」

「――のようだね。この魔法は……こと大樹海みたいな立体的に入り組んだ場所と特に相性が良い。クレアが採取に行っている範囲で出る魔物程度なら問題ないってわけさね」

糸でどう魔物に対抗するのかセレーナには今一つ想像がつかなかったが、確かに立体的な場所なら便利そうだという感想を抱く。

いずれにしても師も姉弟子も、高い魔法の技量や様々な知識を持っているというのは間違いなさそうだ。これは自分が魔法に疎いからそう感じるわけではないだろうと、セレーナは思う。

「それから……セレーナは剣を使うんだったね。その剣と同じ重さや長さの木剣を用意するから、それでクレアと軽く剣の稽古もしてみると良い」

「わ、分かりましたわ。クレア様は……剣も使えるのですか？」

セレーナが驚きつつ尋ねるが、クレアはと言えば、人形に首を傾げさせる。

「いやあ。持ったことがある刃物なんて包丁とか鎌ぐらいのものですが……」

「あたしの見立てじゃ互いにとって有意義な内容になると思うがね。対人経験が薄いんだから剣士の戦い方、思考を理解しておくのは大事なことさ。普通は寄られた時にどう凌ぐのかってのも魔法使いの課題にはなる」

もっとも、その課題を固有魔法ですっ飛ばしにしていったのがクレアだが……対応できる局面を増やすという意味では確かに有意義なのだろう。通常の手順を知っておくことが重要という方針でありながらこれまでやって来なかったのは、そういう機会がなかっただけのことで、セレーナが近くにいるのなら話は変わってくる。

「なるほど……。では、剣に関しても胸をお借りします」

「私としても返せるものがあることは嬉しいですわ」

人形と共に一礼するクレアに、セレーナが微笑む。

「さて。それじゃ休憩ももう良いだろう。場所はもう空けたから、そこに物置を作ってセレーナの部屋の準備をしちまいな」


クレアとセレーナは二人で協力しつつ物置小屋作りや元々あった物置からの荷物の運び出しを行った。クレアは糸で土を操って平らに均《なら》したり、また土人形を操って木材を軽々と切断したりと何やら様々なことに使っていた。セレーナは出来上がった木材や板を運んで、組み立てる時に支えたりと、その手伝いを行っていく。

柱や重い物を持ち上げる時にクレアがどこに魔力を集中させて強化させているのかなども「見せて」もらえたので、そのあたりは非常に参考になった。見様見真似ではあるができるだけ強化を使って模倣もさせてもらった。

数時間程で物置小屋はあっさりと完成し、庵の中から様々な品々をそちらに運び込んだ。寝台や棚、椅子といった品々を配置して、セレーナの部屋も日が暮れる前には無事に形になったのであった。

「出来上がりですねー」

「助かりましたわ。一人では何日かかったか。それにしても木材から家具まで作ってしまうなんて器用ですのね……」

満足げに人形を頷かせているクレアに礼を言うセレーナ。小屋作りの時もそうだが、クレアの木材加工は瞠目《どうもく》に値するものだった。糸で操られた土人形が木工作業をしたり、はたまたクレア自身が糸を使って木材をカットしたり、木自体を操って曲げたりしていたのだ。

「ふっふっふ。これから人形作りをする身としては良い肩慣らしというところですよ」

「人形作り？」

「そうです。街で買った素材で人形を作って、それを操って踊らせるわけです。これはまあ……修行とかじゃなくて趣味なんですが」

「なんだか、楽しそうですわね」

嬉しそうな声色に、微笑ましく感じたセレーナが相好を崩す。

「ええ。出来上がったら人形繰りをお見せしますね。人に見せるための人形というのは初めてですので」

「楽しみにしていますわ」

小屋にしろ家具にしろ、簡素なものではなく細部に目をやれば多少の飾り気があってクレアの職人気質なり美意識なりが窺えるものだった。そんなクレアがどんな人形を作り、どんな人形繰りを見せてくれるのか。セレーナも興味が湧こうというものだ。

——俺にセレーナを迎えての新しい日々は、そうやって幕を開けた。といってもクレアとロナにとっては以前とそれほど大きく変わらない。修行をして大樹海で採取をし、加工をする。魔法の研究をし、余った時間は好きに過ごす。たまに最寄りの村や領都まで物品の売買をしに出掛ける、といった日々だ。

クレアの場合、余った時間を人形作りやセレーナとの交流に使うようになったというぐらいか。

一方でセレーナにとっては目新しいもの、初めてすることばかりで、慣れるまでは中々大変だった。魔力強化を使っての日常の仕事は細かく何度も使用するものだから最初の1週間程は毎日クタクタになっていた。

だが魔法の得手不得手に関する検証や自身の固有魔法の魔力の動きを自覚するといった作業については確実に前に進んでいるという実感がある。ロナの指導やクレアとの検証で、いくつかの魔法を実際に行使することができたからだ。それ故に疲れてはいても充実感が大きく、少しも苦ではない。

クレアに対して礼儀作法や貴族社会について教えるのもセレーナとしては対価としてというよりは楽しんで進めていた。指導に対する反応が素直で飲み込みも早いのでストレスがなかったし、クレアは魔法の検証や修行も手伝ってくれる。姉弟子として尊敬しながらも可愛い妹ができたようで、充実した時間を過ごすことができたのだ。

ロナを呼ぶ時に様付けをしていたところ「柄じゃないから呼び捨てでもいいよ」とは言われたのだが、それは流石に、と固辞した。セレーナの口調や礼儀作法も幼少期から染みついたものであるため、ロナは「ま、抵抗感があるのならそのままでも良いがね」と言っていた。ロナはそういう部分での干渉はあまりしない人物だとセレーナは受け取る。

不思議だったのは、クレアの剣の扱いだ。

ロナが作ってくれた訓練用の木剣は魔法がかかっていて、刃渡りも重量バランスも構造も愛用の剣と全く同じだった。ただ材質が木であるだけだ。

クレアの木剣も用意されていたが、セレーナの細剣とは構造の違う剣だ。ロングソードに見えるが柄が長めなのが特徴的だ。言うならば小振りなバスタードソード、だろうか。クレアの体格に合わせてバスタードソードを小さくすればこうなるかも知れない。

クレアは不思議そうな表情で木剣を握っていたが、やがて「素振りをしてみます」と言って庵の外に出ていった。セレーナもその後に続く。

そこで——自分の常識にはないものを見た。

クレアは今まで剣を握ったことがないらしい。掌には剣ダコもなく、剣を扱う姿もあまり慣れているようには見えなかったのだ。しかし。

少し思案していたようだったが腰のあたりに人形をしがみつかせて木剣を実際に構える。足腰、肩、腕といった各所に魔力強化を施しているのが見えた。

「これで……こう、でしょうか」

腹話術による声と共に、剣を振るった瞬間。

「え――」

思わずセレーナの口から声が漏れる。その一閃《いっせん》が、あまりにも様になっていたからだ。二度、三度。太刀筋を変えて振るうが、そのどれもが鋭いもので――しかし魔力強化の配分を間違えたのか、バランスを崩してたたらを踏んだ。

「えっと。剣を握るのは、初めて、なんですわよね?」

「そう、ですね。普段は固有魔法で斬撃《ざんげき》を放つ時に応用して使っているのですが……元々の話をするなら、人様の斬撃の見様見真似と言いますか、そんな感じです。けれど、魔力強化だけで動きを再現というのは、すぐにボロが出てしまいますね」

人形が残念というように首を横に振る。

「人形を踊らせるのが日常の振る舞いであり、趣味でもあるから、人の細かな動作ってのをつぶさに見てるんだろうがね」

「そういうことですのね……」

クレアの生い立ちや交友関係を知らないが故に、セレーナはロナの言葉で納得をする。木材も切っていた糸だ。振り回せば斬撃にもなるだろう。

初心者には向かないバスタードソード風の木剣も、きっと模倣元になった人物が使っていた剣をクレアの体格に合わせて小振りにしたものなのだろうと推測ができる。

「セレーナにとっちゃ刺激になりそうかい？」

「はい。武器の種類は少し違いますが、異なる流派の動きを体験できるというのは勉強になりますわ」

そう言って、これからのクレアとの剣の稽古や人形繰りも、楽しいものになりそうだと微笑むのであった。


……――昔。昔のことを覚えています。

それはロナと出会うよりも前のこと。今のクレア《わたし》として生まれてから、物心つく前。赤子の頃の記憶というのはおぼろげで前後も曖昧ではあるのですが、それでも強く焼き付いている光景がありました。

赤く爛々と輝く獣の二つの瞳。叩きつけられるような炎と爆発。それから、舞うように振るわれる白刃の輝き。夢に見ることもあるし、未だに思い出すこともできます。それだけ当時の私にとっては衝撃的な光景だったのでしょう。

剣を振るう、その人物。その人物が私を守ろうとしているのだと、何度か夢に見て、その記憶を幾度か振り返っているうちに理解できました。

私を噛み千切ろうとする獣の襲撃に割って入ってそれを斬り伏せ、迫る刃や炎を散らして切り込んでいく……その動きを。閃く白刃の輝きを。私は美しいと思いました。

だからロナと固有魔法の研究を重ねていく中で、その剣の動きを真似た糸の斬撃を見せた時。ロナは「何か武術でも学んでいたかい？」と尋ねてきたのです。

それにまだ幼かった頃の私は正直に答えました。

その人は……自分を守ってくれたが多分、亡くなっている、という言葉と共に。

「……あんたはそいつのことを知りたいかい？」

「――はい」

ロナは――私の眼を見て尋ねてきました。

「仇を討ちたいから？」

私は、少し考えてから首を横に振りました。多分、そうではない、のだと思います。あの人達のことを考えると怒りだとかではなく……少し寂しく悲しく、何も知らずにいる自分の現状に焦ってしまうような。そんな感情を覚えるのです。当時の私は、ロナにこう答えました。

「わかり、ません。いのちをたすけてくれたひとなのに、そんなこともわからないぐらい、あのひとたちのことを、わたしはなにもしらない。どうしてそこまでしてくれたのか、わたしは……わたしだけはしって、おぼえておかないといけないと、そうおもうんです」

「……そうかい」

ロナは暫《しばら》く黙っていましたが、やがて「ついてきな」と言って庵の裏手にあった墓所へと私を案内してくれました。

ロナは大樹海で亡くなった人達をここに埋葬したということを教えてくれました。

本来ならもっと大きくなってから伝えようと思っていた、とも。

それは——私の内面が普通の子供だと思っていたからでしょう。けれど、私は人の死ということも、彼らが私を守ろうとしていたことも知っていたから……。だからロナも教えてくれたのだろうと思います。

「あたしもあの剣士達のことはよく知らない。名前も聞けなかった。ただ——あの剣士はあんたのことを心配してた」

主より預かった大切な人だという、最期の言葉と共に……あの剣士のことを教えてくれました。私を守ったのは誰か——恐らく私の両親への想い故に、でしょうか？　理由はどうであれ私が今ここにいるのは、あの人達が守ろうとしてくれたお陰です。

どうして追われていたのか。彼らのしてきた行いが正しかったのにそんなことになってしまったのか。それとも間違っていたからそんな風に追い込まれてしまったのか。それは——分かりません。

けれど、その日から私にとっては彼らのことを知ることが、したいことの一つとなりました。その想いは今もまだ——変わってはいません。

第７章　ギルドからの相談

「できました……！」

クレアが少し興奮した様子で人形と共に居間に飛び込んでくる。魔法がかかった道具のメンテナンスをしていたロナと、読書をしていたセレーナがクレアに視線を向ける。

「ああ。人形かい？」

「そうですそうです……！　ついに出来上がりました……！」

少女人形《リリー》が嬉しそうに両手を上げてジャンプする。セレーナが庵にやってきてからというもの、クレアは修行や交流の傍ら、自分の自由になる時間を使って木工や陶工、縫物に錬金術等……様々な技術を駆使しながら連日人形作りに取り組んでいたが、それがようやく完成に至ったということなのだろう。

「おめでとうございます、クレア様」

そうやって嬉しそうにしているクレアに、セレーナも微笑んで祝福の言葉を伝える。

「ふふふ。ありがとうございます」

「もう人形は動かせるのですか？」

「はい。お手隙な時にでも見て頂けたら嬉しいです」

「あたしの作業はきりがいいとこまで終わってるよ」

「私も本を読んでいただけですから。クレア様の人形繰りのほうが気になりますわ」

二人の返答にクレアは人形と共に頷くと「では、組み立てた人形を持ってきますね」と、自室に向かった。

程なくして戻ってきたクレアに続いて、人影――人形が居間に入ってくる。クレアが作っていたパーツのサイズから二人には分かっていたことではあるが、クレア自身より背丈のある人形だ。

大きな人形を躊躇いもなく作れるのは、小人化の鞄があって保管や持ち運びに困らないからというのが大きい。操るにしても固有魔法があるから苦にならず、人前でこちらの人形を操って見せる場合は小型にしたままですれば良いのだ。

クレアの持ってきた人形は――羽根付き帽子の吟遊詩人《ぎんゆうしじん》といった装いをしていた。

陶磁で作られた顔は細面で美しい造形。唇の部分は釉薬の種類を変えているのか、ほんのりと色が着けられている。

眼の部分はガラス玉。瞳孔や虹彩まで再現したものがその中に埋め込まれていた。

髪の毛は魔物の毛だ。一本一本が丁寧に埋め込まれているために綺麗な毛並みをしているが、糸状のものなら固有魔法で簡単に自由にできるから、当人からしてみれば手間ではなかった。もし手作業で普通に進めれば間違いなく気の遠くなるような時間のかかる代物であっただろうが。

裁縫も同様に、クレアにとっては簡単に進められるものだ。糸と針を使った作業である以上は複雑な縫製も凝った刺繍を施すことも自由自在である。糸一本一本の色を組み合わせて織り方にも工夫をすることで、裾や袖など、衣服の一部がグラデーションになるようにしているのが、もし手作業であれば尋常ならざる作業量になるだろう。

生地自体はそれほど高価なものを集めたわけではないが、組み合わせと加工によって落ち着いた品の良い色使いながらも、全体的には華やかで高級そうな雰囲気を醸し出していた。

「これはまた……凝ったもんだね」

「人形というよりは芸術品ですわね……」

「ふふふ。固有魔法で大きさにかかわらず自由に動かせますし、作業量も増やせますからね。色々やりたいことを詰め込んでしまいました。結構動かすと思うので外で人形繰りをしましょうか」

3人と人形が連れ立って庵の外に出る。ロナとセレーナが見守る中、糸で操られた人形が脱力したように項垂れた。

「では──」

少し離れたところに立ったクレアが言って、その手から伸びる魔法糸を輝かせれば、人形は命が吹き込まれたように顔を上げる。不意に意識が戻ったというように周囲を見回し、腰に手をやって優雅にロナとセレーナに向かって一礼をして見せた。隣でクレアもローブの裾を摘まんで揃って一礼する。

吟遊詩人の人形は振り返るとクレアにも一礼し、それからダンスに誘うように手を差し伸ばす。クレアも頷いて人形の手を取り──そして人形とその主が踊りを披露する。

それはセレーナがクレアに教えたものだ。夜会や舞踏会で踊るためのもの。

クレアと吟遊詩人はくるくると回りながらステップを踏む。最初はゆっくりと優雅に。段々と速く。

クレアではなく、人形のほうが踊りをリードしているように見えた。勿論、実情はクレアが操っているのだが。

パートナーであるクレアの腰に手を回し、軽やかに主の小さな身体をくるくると回す。

吟遊詩人とクレアが離れると、互いに一礼して二人の踊りが終わる。しかし人形繰りはそこでは終わらなかった。

吟遊詩人はどこから取り出したのか、いつの間にか竪琴を手にしていた。セレーナは目を瞬かせるが、ロナには小さくしていた竪琴を元の大きさに戻したのだと理解できる。

竪琴に使われている弦はクレアの魔法糸で構成されている。吟遊詩人が弦を弾くと温かみのある音色が響いた。

「これは――……」

ロナがぽつりと言葉を漏らし、セレーナが目を見張る。竪琴から音と共に魔力の波が発せられており、それを浴びると身体の内側から力が湧きあがってくるような感覚があった。

吟遊詩人が演奏を終え、クレアと共に一礼したところでロナとセレーナが拍手を送る。

「素晴らしいものを見せて頂きましたわ……」

「くっく。魔法で人形を操れるからできる動きってわけかい。それに……新しい糸の使い方だが、中々面白そうなもんを見つけたじゃないか」

「人形繰りの時に実際に楽器を演奏させてみようと試していたら、偶然発見した副産物ですね。人形に演奏させたほうが、効果も増幅されるというのと……それから演奏する曲調によって効果自体も変わるみたいで」

曲によって差異はあるが音の届く範囲内にいる任意の相手に、強化や弱体化の効果を与えることができるというものだ。

「まあ……演奏やそこに魔力を込めるのに手一杯になってしまいますから、味方が多くないとあまり意味はないですし、大樹海では出番もないと思うのですが……」

そう言って少し遠い目をするクレア。前世も人形漬けだったし内気だったので、結局パペッティアにはなれても交友関係は大して広くはならなかった……と、思い返すクレアである。

クレアが共に組んで行動する知り合いや友人、仲間は現状少ない。例えば戦いの場において、演奏で仲間の強化や支援ができるのだとしても、その仲間がロナとセレーナぐらいではクレアも演奏で支援や強化に徹するより普通に戦った方が良さそうに思えた。

大樹海では、術の性質上目立ってしまうというのも問題があった。ロナの展開している結界内ならいざ知らず、わざわざ周囲の魔物に自分達の存在を知らしめるのは悪手だ。

もっと多数の仲間と肩を並べて戦うような状況なら話は変わってくるだろうが。

「問題が分かってるなら十分さ。手札として持っておきゃどっかで出番もあるだろ。それから……人形が演奏すると効果が増幅される、だったかい？」

「はい。効果の種類やその辺の理由については研究しないといけないなあと」

「ふむ。人形が演奏したほうが効果も強くなるってのは、なんとなく理由も分かるよ。あんたの固有魔法は、あんたの想いを端に発して、強く結びついているものだ。人形繰りはその本命だろ？」

「なるほど……納得しました」

クレアが生来身に付けていた固有魔法について、以前ロナは仮説を立ててそれを伝えていた。何かを見せて楽しんでもらいたい、驚かせたいという、前世からの想いが固有魔法として結実したから、糸の性質を変化させたり違う術の効果を乗せたりと、多彩に使うことができるのではないかというものだ。

だから人形を介すると効果が強化される特性を持つのだとすれば、クレアとしても腑に落ちるものだった。

「固有魔法の選択肢が増えるとなると色々と考えてしまいますね」

「研究しがいがありそうな話ではあるね。今後大樹海で使うことを考えてるなら、慎重になりな」

「分かりました」

例えば戦闘用の人形であるとか、そういったものの製作も視野に入ってくる。

そのための素材や資金に関しては大樹海や領都から得ることができるから、製作自体に困ることはなさそうだとクレアは人形を見て、ほんの少しだけ微笑むのであった。

「そっちに1匹行きましたよ！　セレーナさんの右です！」

「はい！　視えていますわ……！」

クレアの声に答えたセレーナが横合いの茂みから飛び出してくる影に目掛けて細剣を突き出しなが

ら身を翻す。

飛び掛かってくる灰色の狼の攻撃から身を躱《かわ》しながらも、細剣を突き出す。――狼の眼に吸い込まれるような軌道。茂みの中から奇襲をかけたはずが、完璧なタイミングのカウンターが迎え撃つ。物陰だろうと魔力を視ることができるセレーナには、遮蔽物《しゃへいぶつ》からの奇襲は意味がない。加えて動体視力も並外れているから、視界に捉えられた以上はこういう結果になるのは当然であった。2頭、3頭。正確かつ迅速に出合い頭に急所を貫いて確実に仕留めていく。魔力強化を用いての瞬発力と優れた動体視力、探知能力からの正確な捕捉。

視界や視力を補強するような魔法は、セレーナと特に相性が良かった。探知魔法の一部には天性の才があったからこその芸当。

一方でクレアに向かっていった魔物狼は――突然クレアの目の前に現れた人形集団の槍衾《やりぶすま》に突っ込んで悲鳴を上げる派目になった。

クレアがばら撒くように放った人形達が元の大きさに戻り、ファランクス《陣形》を形成したからだ。戦列歩兵人形は盾と槍を構えて突き出し、必要に応じて行進、方向転換をする。そんな単純な動きしかできない。吟遊詩人人形程凝った作りでもない。

しかし密集方陣は個々の練度が高くなくとも、息を合わせて同じ動作をさせれば十分に機能するのだ。故に、クレアが人形繰りを戦闘に応用する初歩としては都合の良いものだった。

「そこですね」

群れの後続が槍衾に気付いて足を止める。そのエリアを糸弓のキルゾーンとしている。足を止めた狼に針のような光の矢が降り注ぎ、迂回しようとした後続に横合いからセレーナが飛び込んだ。

セレーナを囲もうとした狼達を、クレアが更に放り投げた戦列歩兵達が展開して牽制《けんせい》。糸弓と共に制圧していく。そうやってクレアとセレーナは、効率的に魔物狼の群れを狩っていった。

「それが最後です！」

「任せてくださいませ！」

身体ごと飛び込んでの刺突。最後の1頭をきっちりと仕留めたセレーナのところに、クレアが走り寄ってくる。

セレーナが大樹海に出て活動できるようになったのは、俺にやってきてから半年ほどが経ってからのことだ。

セレーナの魔法修得の相性に関して言うなら、探知魔法や自己の身体強化、機能の拡張といった方向には良好であった。

半面、隠蔽結界や火球など投射するタイプの魔法との相性は悪い。

十分な時間を掛ければそれも実用レベルでの行使も可能になるのかも知れない。

しかし大樹海で結界が通用するレベルに引き上がるまで待っていては、冒険者として実績を積んだり、金を稼いで実家を助けるのが遅くなってしまう。

だから……ロナはセレーナに対し、自分でその都度状況に合わせて隠蔽結界を展開するのではなく、予《あらかじ》め用意したタリスマンやコンパスを使って大樹海を探索させることにした。

そのためのタリスマンとコンパスをセレーナ自身の手で作らせる方向に切り替えたのだ。そしてこちらは問題なく修得させることができた。

用意していた物品を使う形なので状況に合わせての応用力は落ちるが、それらを想定し、準備を入念にすれば補うことはできる。何より、隠蔽結界を展開するためのタリスマンに関しては売り物にできるのだ。

ロナの指導によって作られる品々は――その品質はともかく、使われている技術自体は一般にもあるものだ。「ポーションを作りしてるクレアとは競合しないってのも都合が良いだろ？」と、ロナは笑う。

大樹海を探索するための技術と知識が身に付けば、必要になるのは魔物を討伐する実力だけだ。その点を言うのならば身体機能の拡張魔法を修得したセレーナは、元々の必死に学んできた剣術の技量と相まって、十分な水準に達していた。

草木を自分の周囲から除けるための森林歩きの術も、タリスマンを使用している。後はそれらに魔力を供給するだけだ。

そうやって、クレアとセレーナは共に大樹海を探索することとなった。

クレア自身も身に付けた技能を活かして他者と組んで戦う技術を修得する機会を得られるのは喜ばしいことだ。セレーナ以外には見せられない技術も多いのだから。

組んで戦い、連携の精度や戦術の幅が増えることで安全に狩れる魔物も増えていく。

「これで群れは全滅です。感知できる範囲内での討ち漏らしはありません」

「――依頼達成、ですわね」

細剣の返り血を払い、クレアの言葉を受けてセレーナは安堵の息を吐く。

魔物狼の群れについては冒険者ギルドで討伐依頼が出ていたものだ。いつも立ち寄る村とは別のところからの依頼であったためにに少し遠出をすることになったが、風上から囮の臭いを流して群れごと誘き寄せて迎え撃った結果である。

「素材や作った物品も溜まってきましたし、そろそろまた領都に行きましょうか」

「そうですわね。ギルドに報告もしなければなりませんし」

売却する素材については一緒に集めたものなので半々に分けて。作った物品についてはそれぞれが作ったものを売却する。ロナは二人が行かないエリアから採取してきた素材を使っているので特に競合することもないのであった。


——ロシュタッド王国北方に広がる大樹海を通り過ぎ、更に北。そこにヴルガルク帝国はある。

北方に乱立していた小国や民族を、圧倒的な武力を背景に呑み込んで大きくなってきた軍事国家だ。

それ故、諸侯諸民族の反乱や離反を防ぐために、恐怖で支配する圧政を敷いていた。

その大国の頂点に君臨する皇帝やその一族が住まうのは、帝都中心部にある宮殿である。

女。女が白い柱の立ち並ぶ宮殿の廻廊を歩いていた。

いくつもの絵画。天井画。彫刻。沢山の美術品や宝石。色とりどりの装飾と赤い絨毯で彩られた廻廊を進んだ女が、大きな扉の前で足を止める。女が扉を叩いて口を開く。

「エルザでございます、グレアム殿下」

「入れ」

若い男の声。エルザと名乗った女が入室すると、そこに若い男がいた。

大きくウェーブがかった長い黒髪の男。燃えるような赤い相貌。歳の頃は17、18程だ。顔立ちは整っているが、冷たい印象を受ける人物であった。

第6皇子グレアム。母親の身分が低く後ろ盾もない。帝位の継承権も低い、とされているものの、固有魔法を持っていると噂される人物であった。

「殿下から命じられていた追跡調査に関する報告がございます」

「……例の鍵の行方か？」

「はい。南方に派遣していた人員が、目撃情報を持って参りました。彼《か》の者達が大樹海に向かうのを、辺境に住まう狩人が見たと」

「大樹海……」

グレアムは思案しながらもエルザが机の上に広げた地図を覗き込む。

「狩人が住んでいるのはこの地です。そこから――大樹海に入っていくのを見たとのこと。時期や特徴も一致します」

エルザが指し示した地点にグレアムは呆れたように言った。

「このような難所から大樹海に入るとは正気とは思えんが……その後の展望は？　大樹海に何かある

のか……？　いや……一度難所に入ると見せかけ、核心部を迂回して大樹海を抜けて……ロシュタッドを頼ったか……？」

グレアムはエルザに問いかけるというわけでもなく、独りごとのように呟きながら考えていたが、やがて顔を上げる。

「王国の北方を中心に人員を差し向ける。大樹海内部の調査も必要だが……危険度が高い。それについては私から父上に許可を取ろう。詳しいことは後程詰めるが、先んじて腕利きを招集しておけ」

「畏まりました」

グレアムの指示を受け、エルザが部屋を出ていく。

「……鍵、か。全く面倒なことだ」

グレアムは呟くと、父親と面会するために部屋を後にするのであった。


「いやー。晴れた日に空を飛ぶのは気持ちいいですねえ」

「確かに他では味わえない爽快感がありますわ。鳥のように空を飛んでみたいなんて、子供の時には夢見たこともありましたわ」

「あっはっは。空を飛びたいは私も思ったことがありますねー。箒に跨って飛ぶとは思ってもみませんでしたが」

「本当に。何がどうなるかなんて予想がつきませんわね」

——クレアとセレーナは箒に乗って平原を飛びながらそんな会話を交わす。肩に掴まった少女人形が見晴らしを楽しむかのように、目の上に手をやって首を巡らせた。

二人の飛行を少し後ろで眺めながらも、ロナが口を開く。

「セレーナの飛行も移動だけなら支障がない程度にはなってきたかね。移動中にもう少し高度な飛行訓練をしておくと良い」

「分かりましたわ」

「では、私に続いてください。急加速と急制動から始めましょう。命綱は用意しておきます」

「はい、クレア様」

3人はいつもの村に立ち寄り、それから領都まで足を延ばして素材や製作物の売却に行く、その途中だ。セレーナの箒による飛行は——まだ速度は出せないし高度な飛行はできないものの、クレアやロナとの移動に支障がない程度の練度にはなっている。

庵では樹上までの高度がとれないために敷地内を飛んで回る程度の基本の飛行訓練しかできていなかったが、大樹海の中ではできなかった動きを試せる。そのため道中は飛行訓練を兼ねた時間となった。

できるだけ速度を出し、できるだけ短い制動距離で速度を落とす。

箒の柄を前方に立てるようにして、減速した際に振り落とされないように耐え、そこから更に急加速、減速を繰り返して次第に旋回や上昇、下降といった動きも織り交ぜていった。

そうやって訓練を交えながらも平原上空を箒で進んでいき――やがて3人は領都に到着する。

門番の兵士達とも顔なじみになっている。前のように問題が起こることもなく、スムーズに領都に入ることができた。

「ああ……！　クレアさんにセレーナさん……！」

後で落ち合う場所を決めて一旦別れ、クレアとセレーナがその足で冒険者ギルドに向かうと、受付の女性が二人の顔を見るなり良いところに来てくれたというように胸の前で手を打って笑顔で迎える。

「こんにちは。セレーナさんは達成した依頼の報告。私は集めた素材や作った物品を売りに来ましたが。ふむ？」

「何かあったのですか？」

首を傾げるセレーナとクレアの人形に、受付嬢は頷く。

「実はお二方や魔女様にお聞きしたいことがありまして。お手間は取らせませんし、場合によっては謝礼もと考えておりますが……その前にいつも通りに買い取り等々進めさせて頂きますね」

という受付嬢の言葉に、二人は顔を見合わせた。

そのままギルドの奥にある解体場に通され、まずは持ち込んだ素材の取引をしていく。クレアが鞄の中から魔物素材の数々を取り出して並べていくと、受付嬢が感心したように声を漏らす。

「今回はまた……随分と持ち込まれましたね」

「質も良いな。毎度のことながら下処理が丁寧だ」

解体を担当するギルド職員が素材を検分しながら言った。

「修行も兼ねていますからね。作業所で作っているものもありますし」

「できることが増えたというのもありますわね」

下処理はそれらの出来にも関わるために重要なのだ。そうした処理方法についても二人は教わっているが、この辺は師であるロナが昔、冒険者達と関わりがあったからというのもある。

「それから、こっちがセレーナさんの依頼に関わる素材です。魔狼の毛皮と牙、爪と肉ですね」

鞄の中から箱や袋に収められた品々を出して並べていく。魔狼の素材も下処理が終わっていて種類ごとに分類されている。討伐については毛皮の数を数えれば狩った群れの頭数が分かる。一際大きく立派な毛皮については群れのリーダーのものだ。

「血抜きもされてるな。……鮮度を保つために冷やされてやがる」

「毛皮のほうは加工の前段階までは進めてあります」

「了解。仕事が全くないってわけじゃなさそうだ」

「毛皮の数も規定数を十分超えていますね。依頼達成です」

受付嬢が毛皮を数えて頷き、それからクレアを見やる。

「クレア様も冒険者登録しても良いのではないですか？　持ち込む品々も割高で取り引きできますよ」

「私は――冒険者としての縛りを受けないほうが身軽ですからね。現時点で沢山お金が必要ということもありませんし」

冒険者として登録すると、魔物が関わる有事に際して招集がかけられることがある。

その他にも規定の数の依頼をこなしたりギルド側から指名の依頼が来たり報告しなければならない等の決まりがあって、そこで義務を負う。

しかし身分に関してはロナの弟子ということで信用があるから、自身の出自のこともあって行動の自由を確保しておきたいクレアとしては、冒険者登録に関しては慎重になっているという状態だ。

「なるほど。では、気が向いたら是非ということで。クレア様ならいつでも歓迎しますよ」

「それは――ありがとうございます」

クレアは勧誘の言葉に笑って応じる。

持ち込んだ品や作ってきた品、依頼達成の代金の受け渡しを経て、クレア達は別の部屋へと案内された。

「それで……聞きたいことというのはなんでしょうか？」

「大樹海に関してお伺いしたいことがあります。実は、王家や辺境伯から大樹海の調査依頼が出ておりまして、具体的に調査を進める前に事前に情報を集めておこうという話になりました」

受付嬢の話は、クレアとしても納得のいくものだった。大樹海のことを聞くならばまずはそこで暮らしているロナやクレアに尋ねてみようというわけだ。

「知っていることや話せる範囲であれば。すぐにではなく師にも尋ねてからということになりますが」

「ありがとうございます。勿論魔女様に話を通していただくのを前提にしていますよ。実は、大樹海に出没する魔物に関することなのです。脅威度と言いますか、どこにどんな魔物が分布しているのか、私達で把握していない範囲をご教授頂ければと。特に……領域主ですね」

「領域主……」

「奥地の遺跡付近には領域主のいる場所も多いと聞きますが、まさか遺跡調査のための領域主の討伐を考えているわけではないのですよね？」

セレーナが少し不安げに眉根を寄せて尋ねる。

王国が何を思って調査を再開することにしたのかはセレーナの与《あずか》り知るところではない。しかしそれで領域主を刺激してクレア達の周囲が危険になるならば、あまり歓迎のできない話だ。世間をあまり知らないクレアにそれとなく注意喚起をする意味も込めてセレーナが言うと、受付嬢も真剣な面持ちで頷いて口を開く。

「はい。そういうわけではありません。出来る限り領域主に触れないようにという安全を確保しながら大樹海の調査をするという方向でギルドに協力依頼が来ているのです。何をするにしても慎重に情報を集めることから始める必要がありますからね」

クレアは少し思案を巡らせてから尋ねる。

「だから魔物の種類や脅威度、領域主のいる凡《およ》その場所を把握しておこう、というわけでしょうか？」

「はい。冒険者が通常立ち入らない奥地の魔物の分布までは把握していない部分が多いですから」

「なるほど……」

魔物の種類と、その分布というのは重要だ。討伐できる程度の魔物だとしても、性質によっては近場の別の魔物種や領域主を連鎖的に刺激する可能性もあるのだから。そのあたりの情報を掴んでおくことは、調査隊の生死に関わる。

「では、師にも伝えておきます。日を跨ぐ可能性もありますが、もう一度後で来ますね」

「よろしくお願いします。明日であればギルド長も同席できるかと」


「なるほどねえ……」

合流したクレアとセレーナの話を聞いて、ロナは真剣な面持ちで頷いた。

「予定にはなかったが、宿を取るか。そこで話をするとしようかね」

「分かりました」

3人は連れ立って街中を移動し、以前も使った宿を取り、客室に向かった三人はそこで話を始める。

「世情を知るために情報屋に話を聞いたりしてきたんだけどね。そこで得た情報をあんたらにも伝えておこうか」

「情報屋――」

「あんたらには近付かないように言ってあるような場所さね。関わらないで済むならそれでいい」

つまりは、柄の悪い者達が集まるような区画という意味だ。子供や貴族令嬢がうろつくような場所ではない。

「どうも帝国の諜報活動が王国内で活発化してるようなのさ。北方や大樹海に絡んでのものだから、仮にそれを受けての王国の反応だっていうなら連中の狙いがなんなのか、どいつが諜報員なのかだとか探ってる部分や、諜報活動そのものを委縮させる目的もあるのかもねぇ」

「ヴァルガルク帝国ですか……。できることならあまり関わり合いになりたくない国という印象ですが」

「奇遇だね。あたしもさ」

「私もですわ。歴史的に見ても王国とは仲が悪いですからね」

武力で周辺を併呑《へいどん》してきた軍事国家だ。王国内でも諜報活動などで暗躍をしていると囁《ささや》かれていた。

小競り合いや諜報員の拘束等も過去に何度か起きている。

今回の冒険者ギルドの依頼が帝国の諜報活動への探りや牽制といった裏の目的があってのものなのかは分からないが、全員の共有認識として頭の片隅に入れておいたほうが良い情報だとロナは判断した。

「で、その可能性も考えつつギルドに大樹海の情報を渡すべきか、そうじゃないかだが……。あんたらの考えを聞いておこうかね」

ロナから問われ、二人は思案してから答える。

「状況を把握したり、ある程度の対応ができると考えれば……多少なりとも関わっていたほうが良いかも知れませんね」

「私もクレア様の意見に賛成ですわ。その後の関係のこともありますし、渡す情報はこちらで選べるということですから」

ロナは二人の考えを聞くと自身も考え込む。

「悪い方向に働くようなことがあるとするなら……王国や辺境伯があたしらに対して腹に一物ある場合。それから調査隊に帝国の諜報員が紛れ込んでること、か。いずれにせよ情報提供をしなければその辺の把握のしようもないね」

王国や辺境伯が何を考えているのか。帝国の動向は。その辺を知り、何かあった場合に手遅れになる前に対応するためには関わりを持っておいたほうが良いだろうと、3人は頷き合った。

「そういう危険を想定すると……庵の場所に近付かれないように情報を出す、とか」

「そいつは問題ない。あんたらが庵に出入りできるのは、あたしが立ち入りを許してるからさね。招いてもいない奴が大樹海の中で進んで来ようとしても庵は見えないし途中で感覚を惑わせて辿り着くことができないようにしてるってわけだ」

「そうだったのですね……」

セレーナはコンパスや探知魔法があれば普通に行き来できると思っていたが、それはロナが庵に仕込んでいる魔法があるからということらしい。

「というわけで、こっちの庵の場所を絞り込めない程度に広い範囲の情報を渡してやったほうがいいだろうね。手間だが……地図を用意してやるか」

ロナは鞄の中からスクロール用に買っておいた紙や羽根ペン、インクを取り出し、そこに領都とそこから大樹海側へと伸びる街道を端のほうに描き込んでいく。

大樹海の大まかな輪郭。いくつかの領域の場所に円を付け、その近辺を縄張りとする魔物達の分布を記入していった。

「知らない場所も多いので参考になります」

「領域主は一律にどうこう言えないってのは教えてる通りさね。周囲で何があろうが自分の領域外なら我関せずってのもいれば、周辺にいる魔物の親玉みたいに振舞うのもいる。例えば――ここの領域主は後者だ。あんたらは近付くんじゃないよ」

ロナが地図上で指し示した領域主と周辺の魔物達を、まじまじと見て場所を覚えようとするクレアとセレーナ。

領域があることが分かっている以上、わざわざ主に触れることはリスクが高い。性質不明というのが最多で、ロナが一つ一つ注意書きをしていった。

「天空の王の本拠地は――随分と奥地なのですね」

天空の王。大樹海の空を飛ぶ者を狩る領域主の通称だ。

「あれは活動範囲が広すぎるからね。恐らくこの辺を塒《ねぐら》にしてるんだろうっていう、観測からの推測さね。それから……地図をギルドに渡すにあたって魔法契約を使う。セレーナにも契約書の作り方を教えてやるから覚えておきな」

「魔法契約……」

「後で地図を悪用できないよう、契約書を作って約束を取り交わすのです。同意していた相手が契約書に書かれてる条文を破ると、その中に書かれていた現象が起こるというわけですね」

セレーナにクレアが魔法契約について説明する。

「今回は紛失、もしくは悪用した場合、地図が燃えるってのと、こっちが契約を破ったことを察知できるって感じでいいだろう。念のために地図が使える期限も区切っておくかね」

「それはまた……便利そうですわね」

「だが、注意すべき点もある。契約の穴を突かれたり、こっちが持ってる契約書を紛失すると効果が出ない」

「……その辺りは普通の契約書と同じというわけですわね」

「ああ。それじゃあクレア、契約書を作りな」

「了解です」

もう一枚スクロールを取り出すロナに、クレアは頷き、契約書の文面を考えていくのであった。


「おう、来たか。婆さんも一緒みてえだな」

「あたしも顔を出したほうが面倒もなさそうだからねぇ」

明くる日。3人がギルドに顔を出すと奥の部屋に通され、ギルド長のグウェインが迎えた。

「魔物や領域主の分布図を作ってきました。しかし、悪用も可能なので、調査する範囲内だけで活用するというのを約束していただけますか？」

「契約書を読んで、内容に同意するなら血判を押しな。違反すると地図が燃え上がるから保管の仕方も考えておくんだね」

「あー……まあ、そうか。地図の情報がありゃ、領域主を刺激することで混乱を引き起こすってことも可能だしな」

グウェインはクレアから契約書を受け取ると、その内容に目を通していく。

「――地図の内容をギルド主体の調査目的以外に使うことと、紛失した場合に地図が燃える、と。地図の一部を複製して用いる場合は、契約者が信頼できる者に預けることを認める？　但し複製委任状に血判を貰うこと……なるほどな。それで魔法契約に影響を与える対象を、必要に応じて後からこっちで増やせるってわけか」

委任状を活用することで、地図の一部を複製して調査隊に預け、現場で活用しやすくできる。契約書や委任状に関してはクレアが作った内容であるが、ロナとセレーナもそれを見て穴がないかを相談した上で持ってきている。

「地図の出来は婆さんから見てどんなもんだ？」

「領域主を避けたり、刺激しないための役に立つってのは請け合ってやるさ」

そう言って地図に何が記されているかについておおまかに伝え、謝礼金についても交渉していくロナ。

「まあ……いいだろ。契約書と委任状のここに血判を押せばいいんだな？」

「はい」

やがて金額にも折り合いがついたのか、グウェインが契約に応じる。血判を契約書と委任状の部分に捺《お》すと、地図や契約書、委任状が一瞬淡い光を纏った。

それを見届けたロナが地図を引き渡し、グウェインはそれを机の上に広げる。

「……なるほど。確かにこいつはきっちり管理しなきゃならねえな。手出ししないほうが良い場所って奴が、悪意のある奴に伝わったら大事に成りかねねえ」

「そういうことさね。で……あんたなら地図の内容を、調査する場所に応じて使えるだろ？」

「まあな。確かに支払った金額以上の価値がある」

グウェインは地図を見て自信ありげににやりと笑うのであった。

第8章　遺跡と黒い影

グヴェインに地図や委任状を渡したクレア達はその足で——というよりは箒で——領都を後にし、庵への帰途に就いた。

森での素材採集や修行についてはいつも通りに戻ったが、その中で冒険者達の動向の把握にも留意するようになったのが変化か。

クレアは新たな探知系魔法をロナから習い、遠距離までの探知を行うことで、大樹海に入っている冒険者達の様子も見るようになった。探知範囲が細く長い魔法なので、大樹海の探索中に使うのには向いていないが、離れた位置から冒険者達の様子を探る分には都合が良い。

当然冒険者達も隠密の結界符やタリスマン等で姿を隠す等の対策はしているのだが、クレアの偽装魔法に対する妨害魔法と同様、探知魔法と隠密結界はより高度なことができるほうが情報戦に勝てるという関係だ。

一般に流通している隠密用の道具などロナにとっては勿論のこと、クレアに対してもなんの意味もない。

だから、修行も兼ねて庵にいる時に冒険者達が大樹海に入ってくるであろう範囲に探知魔法を放ち、その動向を探っていた。

そうやって冒険者達の動きに注視しつつ、その一方で固有魔法の開発を進めているクレア達である。

朗々と詠唱を行うセレーナの目のあたりに青い輝きが宿った。

「発動しましたわ」

「良いですね。効果の程はどうですか？」

サムズアップする少女人形《リリー》に表情を緩めながら、セレーナは少し離れたところにいくつか置かれた陶器製の容器に視線を向けた。

「……驚きですわね。水や空気に含まれる毒気を見られるなんて……。濃度まで判別できますわ」

「なるほど。私達ではそういう術の組み立て方をしても魔法を発動できないのですが……。セレーナさんは通常見ることのできない物を見られるわけですから可能だろうとは思っていました。私の糸もそうですからね」

いくつかの容器を並べ、そこに水を満たして無色の毒物を混ぜたものを置いたり、無色無臭の気体を発生させたりした上で、それを感知できるか、という実験と検証だ。

クレアの糸が様々な魔法を組み合わせられるように、セレーナの固有魔法もまた、目の機能を拡張させる方向での応用が利いた。但し、クレアの無詠唱の魔法発動とは違って、セレーナは固有魔法の応用には詠唱が必要だ。

固有魔法があるとは言っても、クレア程の魔法の才や研鑽《けんさん》はセレーナにはない。魔法を使って自己強化を行う剣士を目指すのが良いだろうというのがロナの見立てである。

「伯爵領の鉱山が閉山してさえいなければ、すぐにでも役立てられそうな魔法ですわね。ただ……少し今の私には魔力の消耗が大きい気もしますわ」

セレーナは真剣な表情で自身の目のあたりに手をやって術を解く。

「本来魔眼ってのは効果を選択して自身の目に手を加える必要があるからねぇ。気軽に使えるってことを考えれば消費が激しい程度なら破格だろうさ」

「要所要所で使っていければという感じでしょうか。鉱山内で活用する場合は……救助の場面で、となると大変そうですが」

「現時点でも用水地の確認などで、鉱山由来の病気を避けるのには使っていけますわね。しかし、こんな便利な魔法を新しく組み立ててしまうとは……クレア様、ありがとうございます」

「いやあ……。使えそうな術の部分部分はまだ全然知識が足りてないですからね。ロナから参考にできそうな呪文書やスクロールやら魔導書を色々教えてもらっていますし」

「書物も色々あるが、死蔵して腐らせとくのは勿体ないだろ。組み立てた術を固有魔法と繋げる感覚ってのはあたしには指導できない部分だ。二人で話し合って固有魔法を鍛えていくんだね」

固有魔法の使い手が集まって手の内を明かした上で研鑽し合うという状況など、そうそう望めるものでもない。希少であることもそうだが、本来固有魔法自体切り札であり、生命線に成り得るものだからだ。

ロナとしてはそうした研鑽と上達を見るのは楽しいものでもあるし、自身の魔法研究にも繋がるものでもあると受け止めていた。

「……あれ……？」

毒を入れた容器を片付けていたクレアであったが、その動きがふと固まり、肩に乗せていた少女人形が何かに気付いた、というように顔を上げる。

「どうかなさいましたか？」

「はい。南側の地形――この辺は崖のある場所ですね。そこが多分、崩れたように思います。なんだか……そのあたりから変な魔力が」

「この前の雨の影響か？　どれ……」

ロナがそちらの方向に探知魔法を放つ。

「確かに……。小さいが妙な反応だね。しかも冒険者達の探索場所が近いじゃないか」

「見に行きますか？」

「そうさな。ちょいと拙《まず》いかも知れないから、直に確認しなきゃならんだろうねぇ。セレーナ。魔力は残ってるかい？」

「はい。消費が多いから後のことを考えて術を止めただけですから、十分に余力がありますわ」

「よし。二人とも準備をしな。危険なのは確かだが、こういう変化が起こった時に正確に状況を把握できないってぇのはもっと危険だ。あんたらは探知手段や取れる方法が人より多い。その手札も、もしかすると必要になるかも知れないからね」

ロナの口から危険という言葉を聞いて、二人にも緊張が走った。

クレア達は手早く、しかし非常事態に対応できる装備を身に着けて準備を整えると、大樹海を南に進み、崩落個所に向かって移動していった。先頭を行くロナは普段大樹海を行く時より少し――いや、かなり足早だ。

「もう何人か現場近くに移動中ですね。魔力反応に変化はありませんが……」

「崖崩れの音で……様子を見にいっている、というところでしょうか？」

「多分そうだと思います」

ロナは顎に手をやってから言う。

「駄目だね、これは。連中が先に現場に辿り着く」

「魔力の源に接触する前に間に合うかどうかは賭けになりますが……私なら先行できます」

クレアの言葉に、ロナが肩越しに振り返る。

「……危険だってのは承知の上かい？」

「分かっています。無理はしません」

ロナの目を見て、クレアは自身の口で答えた。少しの間見つめ合っていたが、やがてロナが言う。

「――そうかい。それもあんたの性分なんだろうねぇ」

そのまま、言葉を続けるロナ。

「なら、慎重に状況を確認して、冒険者達を止められそうなら止めな。だが、間に合わなかった場合には無理するんじゃないよ。分かってると思うが、未発見の領域や、遺跡絡みの何かって場合がある」

「はいっ。では――先行します……！　糸を一本残していくので、それで情報伝達をしますね……！」

言うなり、クレアの手から光の糸が前方に伸びる。それらが木々に絡みついたかと思った瞬間にクレアの姿がぶれる程の速度で森の中を真っ直ぐに突っ切っていった。

森歩きの魔法と糸で木々を操って高速移動する技法の複合だ。前方の枝葉を除けさせながら木々に引っ張らせている。高速で前方に跳んで、更に前の木々に自身を引き寄せさせるのだ。後にはほのかに光る糸が一本残されるばかりだ。

「す、すごい速度ですわね……」

「クレアが本気で大樹海を移動するんなら、そうなるだろうよ。さあ、あたしらも急ぐよ……！」

「分かりましたわっ！」


風を切り、後ろに流れる木々をあっという間に置き去りにして、前へ前へと。さながら矢弾のような速度と軌道でクレアが大樹海の只中を突っ切っていく。

猿系の魔物でも到底追いつけない程の高速移動をしているが、その移動速度に比して魔力の消費量は大したことがない。クレアにとっては負担にならない程度のものだ。

領域か、遺跡か。前者は勿論言うまでもない危険地帯だが、後者もまた予想がつかないだけに危険度が高い。

古代文明の遺産と言えば聞こえは良い。そこに浪漫を感じる者もいるだろう。単純な金銀財宝であれば勿論のこと、ただの遺構であっても歴史的な価値が高いというのは事実だ。

しかし『まだ生きている遺跡』は話が違う。例えば、古代文明の魔法装置。それから、まだ稼働している魔法生物達や墓守と言われる古代の警備兵。

こういったものの出土は稀なケースで、実態もあまり知られていない。だから――触れることにリスクが伴うのだ。

「そろそろ、ですが――」

冒険者達の接触には、間に……合っていない。枝葉が道を空けて――高所に飛び出す。クレアの飛び出した位置は崖の上側だ。

勢いそのままに、空中に身体を投げ出したクレアは四方八方に糸を飛ばし、身を翻す。そして――崩落位置を確認しながらもクレアの落下が空中で止まる。谷の上と下。木々の間に張り巡らせた糸の上に立った形だ。そして崩落地に目を向け、その状況を把握する。

「――あれは遺跡、ですか」

糸の上に立ったクレアは遠巻きに状況を確認する。

間違いなく崖崩れの痕跡があり、崩落した斜面に何か――石の建造物が露出しているのが見えた。

建造物の中に入ることができるような形でぽっかりと黒い穴が開いている。建造物の全体像は分からないが入り口ではなく、壁面の一部が崖と共に崩れてそこに穴が開いているようにクレアには見えた。感知していた妙な魔力反応は、やはり――そこからのものだ。

その穴の近くに、何人かの冒険者がいた。

冒険者達の接触を止めに来たクレアであるが、間に合ってはいない。感知していた人数と、視界に入っている人数が合わない。既に何人かを斥候として内部に送り込んでしまった後ということだ。外にいる者達は見張りか、仲間が戻ってこない場合の救助役、或いは救助要請等の連絡を行う役回りなのだろうと判断する。

ロナやセレーナのところに残してきた糸を使って、二人への情報伝達を行う。原理としてはシンプルに糸で一筆書きのように文字を形作るだけだ。

「どうしたものでしょうか……」

冒険者達は既に内部に入ってしまっている。遺跡の正体が分からないのに自分まで遺跡の中に入るのは悪手だとクレアには思えた。

この後の状況変化も予測不能。である以上は冒険者達と行動を共にするのも控えておいたほうが良い。冒険者達もある程度の危険を予測して外に人を残しているのだ。クレアから言えることはない。それどころか、遺跡に迂闊に近寄って同じ場所にいては、爆発等で巻き添えになってしまう危険だって考えられる。

ロナとセレーナに情報は伝えたのだから、距離を取って推移を見守るべきだと判断し、頭上の糸にぶら下がりつつも少し高度を下げていく。

現状「飛行」してはいないが、天空の王のセーフアウトの判断基準など、クレアには知る由もないのだから。そのまま状況を一望できる高い樹上に位置取り、周囲に糸を飛ばして張り巡らせていく。

（このまま……無事に先遣隊が戻ってくれると良いんですがね……）

クレアの眼下では冒険者達が興奮冷めやらぬといった様子で何事か話をしている。

彼らは未発見の遺跡を最初に見つけたという立場だ。名誉という意味でもそうだし、価値あるものを持ち帰ることができれば、それらは彼らに富を齎す。だからそうやって喜んでいるのも至極当然とは言えた。

冒険者達の様子を見ながら何事もなく終わって欲しいと、祈るような気持ちを抱えていたクレアであったが――。

「う……」

思わずクレアの口から声が漏れ、肩に乗っている少女人形が顔を背けるような仕草を見せた。

遺跡から漏れ出していた、魔力の質が変わったのだ。静かに佇んでいるような印象だったそれが、暗い穴の中から噴き出すようなものに変化したのを感じてしまった。攻撃的で剣呑《けんのん》な、その魔力。

遺跡の中で何があったかまではクレアには分からない。しかし遺跡が目を覚ましたというのは間違いなかった。

冒険者達も噴き出た魔力に何かを感じたのか、談笑を止めて黒々とした穴を覗き込む。

後方のロナとセレーナに連絡を入れながらも、クレアはどうすべきかと思案を巡らす。迂闊には踏み込めない。救助に向かうにしても二重遭難になっては目も当てられないからだ。それはロナとセレーナを危険に晒《さら》すことになる。

冒険者達の救助を考えるにしても、ロナ達の到着を待ちながら情報を伝え続けるべきだ。

「出口だ！　走れッ！　走れ走れ走れぇ！」

「ぐ、おおおっ！」

悲鳴に近い声と慌ただしい足音、断続的な金属音が遺跡の中から聞こえる。直後、何人かの人影が暗い穴の中から飛び出してきた。

身体のあちこちに裂傷を負い、血塗《ちまみ》れになった冒険者達だ。意識を失いかけている仲間に肩を貸すように転がり出てきた。

「おい！　大丈夫か⁉」

外に残っていた面々が倒れ込んできた仲間達を受け止める。外は崩落したばかりの斜面だ。

「見たことのないバケモンだ！　追ってきてる！」

「ジェナがやられた！　出血がひでぇ！」

「くそっ！　おい、しっかりしろ！　すぐに治療する！」

男達は背中から出血して朦朧《もうろう》としている軽装の女冒険者に呼びかけるも深手だ。出血量が多い。咄嗟《とっさ》に腰のポーチからポーションを取り出して応急処置をしようと試みる冒険者達であったが――そこに鎧《よろい》と盾を装備した重装甲の戦士が、自身の正面に盾を構えながら穴の位置まで後退してくる。その重装戦士も、身体のあちこちから結構な出血が見られた。

戦士は一瞬後方を肩越しに確認して、歯を食いしばり、穴の入り口で踏み止まる。もし自分が抑えなければ、追ってきているというそれが、後方にいる仲間達にも襲い掛かるという判断だろう。

次の瞬間、黒い影のようなもの穴から飛び出し、戦士の盾に、鎧に、その隙間に幾度も浴びせられた。先端に煌めき。鞭のような刃のような何か。金属音と舞う血しぶき。凄まじい速度の斬撃の雨、雨、雨。

「だ、駄目、だッ！　もうもたんッ！」

致命傷だけは防ごうという動きを見せる戦士であったが——その防御の間隙を縫うように、刺突が交じる。必死に盾を支える戦士の肩口に黒い触腕が突き刺さり、力が入らなくなった瞬間を狙うように、盾を跳ね上げられた。

「しまっ——」

声を上げる重装戦士。迫る斬撃。

瞬きの刹那《せつな》に。

「う、おおおっ⁉」

「な、なんだ⁉」

冒険者達は纏めて、後方に引き寄せられ、空中に舞い上がっていた。

全員のその身体に、不可視の帯がいつの間にか巻き付いていた。そのまま後方に張られたネットで受け止められる。

状況を把握できていない冒険者達の身体が輝きに包まれた。浄化の魔法だ。

「出血が多い……。その人は止血だけ優先しておきますか」

深手を負っていたジェナの背の傷を、クレアの糸が縫合していく。血管を繋ぎ合わせ、開いた傷を縫い止めていった。

「な、なんだ？」

「魔女……？」

「まずは手当を」

クレアは呆然として固まっている冒険者達の近く。枝の上に立っていた。遺跡の方から視線を逸らさず、冒険者達の戸惑いの声に短く答える。

「あ、ああ……」

「よ、よくわからんが。助けてくれたのか……。れ、礼を言う」

思い出したというように冒険者達はポーションを使って治療を施していく。

そうやって治療を施している傍らで、遺跡からそれが出てくる。

陽光の下に出たそれは――人影のようなシルエットだ。漆黒《しっこく》の、人型の何か。涙滴を逆さにして、丸い頭部を乗せたというような。しかし、目も鼻も口も手足もない。いや――。

正体不明のそれに、皆が目を奪われている中で――頭部に裂け目が開くように、ぎょろりとした単眼が覗いた。

誰かの生唾を飲み込む音。

一瞬明後日の方向を向いた目であったが、ぐるりと視線を巡らし、クレアと冒険者達を睨《ね》め付けると、牙を備えた口腔を開いて咆哮《ほうこう》を上げた。特に――脅威と見做《みな》したのか、クレアを真っ直ぐに見ている。

手出しをしたからなのか、それとも目につく者に攻撃を仕掛けるのか。攻撃の意思を示すように、剣呑な魔力がクレア達目掛けて吹き付けてくる。

「あー……全員が遺跡を出たからって許してくれるわけではないみたいですね。追ってきたのはあれ

1体ですか？」

「あ、ああ。2匹目がいたら、多分……いや、間違いなく俺達は生きちゃいねぇ」

「分かりました。頃合いを見て地面に降ろしますから、あなた達は治療が済んだらあっちへ逃げてください。ポーションではあんなに流れた血までは戻してくれませんから。それに、誰かが生き残って伝達することが大事です」

クレアの肩の少女人形が、逃げるべき方向――調査隊本隊のいる方向を指差す。

「あ、あんたはどうするんだ？」

「時間稼ぎします。というか、どうも……私に対して目を付けてるみたいですし」

「あ、おい！」

クレアは言い残すように男達から離れた場所に降り立つ。黒い影は大きな一つ眼でクレアの動きだけを追った。

攻撃する意思が、あるのかないのか。佇んだまま、影法師のようにゆらゆらと静かに揺れているが、クレアに向けられる攻撃的な魔力は変わらず。

稀《まれ》に報告されることがある。遺跡に出没する魔法生物だ。その姿や能力は千差万別だが、遺跡を守ろうとすることから、総称として墓守と呼ばれる存在。

「遺跡に触れないようにするのでやめませんか？　……と言っても言葉は通じませんよね」

クレアは一応魔力の波長で戦いに積極的ではないことが伝わらないかと試みてみるが――。

「っと……！」

返答は唐突に放たれた地面からの攻撃だった。飛び出した黒い触腕が、クレアの身体を刺し貫くような軌道で突き上げられる。

当たっていない。展開していた糸に引かれるように上空に向かって跳んでいる。それを追うように黒い影から無数の触腕が伸びた。

その時は、クレアの思考も完全に戦闘用のそれに切り替わっている。

「発雷ッ！」

人型を模していても本質的には不定形。クレアが迎撃に選んだ手札は雷撃だ。街で制圧のために使ったそれとは違う。電圧、電流共に殺傷力を持たせたものだ。空間に張り巡らせた糸が紫電を走らせ、迫ってきた触腕の斬撃がそれに触れる。

弾ける火花とスパーク音。触腕が一瞬怯《ひる》んで引っ込むも、戻り切る前に槍のように再び突き出される。痛がる素振りを見せないが、ダメージはあるのかないのか。まだ判断はできないが、普通の斬撃や糸弓が効くとは思えない。

だから――。

繰り出す斬撃にも糸弓にも、全て雷撃を纏わせた。紫電を纏う糸が弧を描いて触腕とぶつかり、矢玉が周囲の木々から黒い影に殺到した。

全身に防御膜を展開し、糸と糸を渡り歩き、自身を引き寄せ、矢弾を撃ち出すように木々の間を飛び回りながらも立ち回る。

黒い影本体と言っていいのか。頭部に相当しているような部位もまた、高速で木々の間を移動。伸

ばした触腕の先端に向かって液体をポンプで送り込むかのように、あらゆる方向に本体を高速移動させている。スライムのような軟体動物なのか。それとも黒い身体のどこかに核や本体のような弱点があるのか。

魔力反応を分散させていて、どこが弱点なのか分かりにくいが、雷撃は恐らく有効だ。細く伸びた身体の一部に、丸く膨らんで高速移動している箇所がある。突き刺さった糸矢の帯びる雷撃から離れるように動き、それが移動した先に身体や頭部のような部位が形成されるからだ。何か――基点、核となる部位がある。完全な不定形ではない。

魔力の分散については攻撃の際もだ。攻撃に移る寸前まで魔力を分散させているから、伸ばした触腕のどこに本体が移り、どこから攻撃が飛んでくるのかを分かりにくくしている。

クレア自身もそうだが、影もまた相手との間合いが関係ないという手合いだ。どうしたってクレアが攻撃に晒される。

「セレーナさんと稽古していて、良かっ、た！」

魔力を分散させることで攻防に虚実を入れることも、接敵されたことも、想定しての訓練もセレーナと積んできた。

感知魔法で視覚外から飛んでくる刺突に反応。木々に糸を引かせて身のこなしから予想のつかない動きを見せることで黒い影の予測を超えた回避を見せる。

ここまでの攻防で、影もクレアの動きの種が糸だというのは理解している。森の中での先を読ませない高速移動も凄まじいものだ。攻防の中でそこかしこに触腕の斬撃を放って張り巡らせた糸を切断することで行動を阻害し、対するクレアも糸を斬られる度に四方八方に新たな糸を放ち、自身の有利に働く場を形成しながら戦う。

クレアは――誘導もしている。冒険者達から離れ、こちらに向かっているロナ達の来る方向へ。クレアの攻撃は雷撃が突き刺さっているが決め手になっていない。だがロナやセレーナ達と共に戦うならば話は違う。

（気付いて、いますね――）

動きの不自然さに気付いているというように、影もまた先回りするように動く。場を移しながら戦えば、影に有利に働く。

それを分かっていないながら逃げに徹するわけでもなく応戦も交ぜるのは、向かう先に展望があるからだ。だから、ある程度クレアの狙いにも乗った上で妨害もする。進路を塞ぎ、要所要所の攻防で殺意を込めた攻撃を乗せ、クレアの首を刎《は》ね、心臓を貫こうという一撃が交ざる。それを弾くのは盾だ。縦横の糸で編み上げた傘のようなもので逸らし、傘の陰に身を隠しながらもあらぬ方向へ跳んだ。

拾った石を糸で繋ぎ、魔力で覆って叩きつける。

膨らんだ部分に尖った石を叩き込むが、影には効かない。衝撃を受け止め、身体の内に取り込んだ石を砕いて散弾のように撃ち返してくる。それもまた傘で防ぐ。魔力糸で編まれた布の強度もまた尋常なものではない。

木立の中を高速移動しながら攻防を続けるその中で――クレアの望んでいた時は来る。

「クレア！」

た。

「クレア様！　こっちです！」

木立の向こうに。息を切らして駆けつけてきたロナとセレーナの姿が見える。

クレアは声の方向に視線を向けてそちらに向かって跳ぼうとした——その、瞬間に。

それまでを上回る爆発的な速度で移動してきた黒い影が、クレアのすぐ背後で膨らむように出現した。

高い魔力反応。驚いたような表情で肩越しに振り返るクレア。危険を知らせる声。

全ては一瞬のこと。膨らんだ魔力と共に、幾本もの触腕が至近から凄まじい勢いで撃ち出された。

クレアの胸を。腹を。漆黒の槍が貫く。急所だ。助からないと傍から見て分かる程の——。

黒い影は串刺しにした身体をロナ達に見せつけるかのように高々と掲げて、示威するかのように勝利の咆哮をする。しようと、した。

「本体は——そこですか」

静かな声は離れた位置から。刺し貫いた触腕から伝わってくる感触に、違和感があった。

黒い影が頭部の単眼を大きく見開くのと、横合いから木々ごと貫いて、腕程の太さもある光の奔流が影の心臓の位置に叩き込まれるのが、ほぼ同時だった。

抵抗は一瞬。黒い影の身体をぶち抜いて。金属質の何かがその身体から飛び出す。それは拍動する金属の心臓。銀色のそれが螺旋《らせん》を描く光の束に貫かれる。

黒い影は口惜し気に咆哮を上げたが、身体は見る間に崩れて、黒い水のように大樹海の地面に降り注いで白煙を上げる。

攻撃を放ったのは――。離れた位置にいるクレアではない。クレアの隣にいる存在――膝をついて矢を放った動作のままで止まっている、ロビンフッドを模した狩人人形だった。

巨大な弓、太い弦を携えた人形。人形を介してだとクレアの術は増強される。糸弓にしてもそれは例外ではなく、凄まじい剛弓を放つことができる。

クレアが黒い影を仕留めるために使ったのは、二体の人形と傘だ。

傘は攻撃を防ぐ目的もあったが、視線を僅かな間だけ遮るためのものだった。自身の偽者となる魔女人形を傘に隠れて元の大きさに戻し、クレア自身は逆に小人化。隠蔽の魔法を使って距離を取った。

後は魔力反応を分散させながら――ロナ達と合流しようという寸前で隙を見せ、そこでクレア達が力を合わせる前に否応《いやおう》なく勝負に出させたのだ。

魔力を分散させて弱点を隠している影が勝負に出るのならば。力の集中点を見極めることができる。それを捉えることさえできれば、仕留める最大の好機となる。

後は模した狩人人形を本来の大きさに戻し、最大の一撃を弱点目掛けて叩き込むだけだ。それで倒せなければ――ロナとセレーナに伝えた情報を以て、3人で力を合わせて戦う形になっていただろう。

「遺跡の墓守、か。よくやったね」

「本当にすごいですわ。けれど作戦は伝えられていても、クレア様があんなことになる光景を見るのは精神的に良くありませんわね……」

「ありがとうございます。私も、こういう用途もあるとは思っていましたが。折角作った人形をその度壊されるというのは……ちょっとあんまり、やりたくはないですね。はあ……」

ロナとセレーナから笑顔で褒《ほ》められてもクレアは少し落ち込んでいるようだった。肩に乗った少女人形ががっくりと肩を落とし、そんなクレアにロナは肩を震わせ、セレーナが苦笑するのであった。

「いずれにしたってあんたが成長したら作り直さなきゃならないからねぇ。自分には怪我はなくて良かったってことにしておきな」

「そう……そうですね。冒険者の皆さんも助けられましたし。うう……ちゃんと直してあげますからね……」

　クレアはそう言いながら2体の人形を回収する。

「造型がクレア様そっくりというだけではなく、服や内部にも色々と魔法的な処置がしてある、という話でしたわね……直すのは大変そうですわ」

「そうですね……。こうやってどっちかの服が破れたりもう片方も破損しますし、人形内部の容器に血糊も仕込んであります。後は偽装の魔法でそれっぽく見せかける、と。戦闘中に怪我や汚れで本物かどうか判別されると困りますから」

　クレアが術を解くと、クレアの衣服にも人形と同じような破損個所が現れた。今は糸で隠しているのだろう。

　そんな解説をしながらクレアが糸を引き寄せると、その先に何か――穴を穿《うが》たれて砕かれた、金属の心臓のようなものが絡めとられていた。

　内部から、正八面体の宝石のようなものが転がり出てくる。最初は淡い光を放っていたが、それも

第9章　遺跡の探索へ

段々と落ち着いていって、やがて光を失った。

「墓守の心臓とその中身か。あたしも見るのは初めてだ」

「壊さないように加減している余裕は……ちょっとなかったですね。墓守も溶けてしまいましたし」

「手加減して反撃されてりゃ目も当てられないからね。時間をかけて調べていきゃ良いさ」

クレアは頷いて、破損した心臓と石を糸でぐるぐる巻きにしていく。墓守が地面に沁み込んで白煙を上げていた場所の土や葉っぱ等も回収し、瓶詰にした後で糸を巻き付けた。

万が一復活しそうになった時の保険だ。不穏な様子があればすぐさま察知して対応できる。

「遺跡に向かおうか。あっちで待機してりゃ、ギルドの連中も来るだろう」

「では、先導しますね」

クレア達はそのまま、森を歩いて遺跡の前まで移動する。

遺跡は変わらず。崩落地の斜面に黒々とした穴を開けたままで佇んでいた。

しかし、最初にクレア達が感じていた不思議な魔力は黒い影が目覚めた時点で消えている。

「休眠状態の魔力があれだったんですかね」

「多分、ね」

しかし微弱な魔力はまだ遺跡の奥から感じとることができる。

何かはあるのだろうが、だからと言って内部調査にこのまま乗り出すという話にはならない。ギルドの到着やクレアの魔力回復も含めて、万全な態勢を整えてからにしたほうが良いに決まっているのだから。

クレア達としても興味がないわけではないのだが、危険がないということを確認できれば一先ずはそれでいいのだ。

ロナが遺跡の穴周辺に防護結界等を施しながらも待っていると、人の声と茂みを揺らす音が近付いてくる。

「もう少しだ……！」

「急いでくれ！　一人で戦ってくれているんだ！」

探知魔法で得られた情報だとやってくる人数は一二人。野営地に戻ってから急遽《きゆうきよ》掻《か》き集めてきたというのなら十分な人数だろう。

木々の間を抜けて、先程助けた冒険者達が顔を見せる。

「大丈夫でしたか？」

「ああ、なんとかなった……！　あんたも無事で良かった……！」

クレアから声をかけられると、先頭の男が安堵したような笑顔となる。

「ええ。あれは――なんとか倒しました。遺跡の危険がなくなったかは断言できませんが」

「そう……そうか。良かった。加勢に入ろうか迷ったんだが、とても追いつけなくてな……」

「森歩きの術がないと中々難しいところではありますね。怪我を負った人達は大丈夫でしたか？」

「ああ。野営地で休んでいる。あんたは命の恩人だ。ええと」

「クレアです」

追いついてきた他の冒険者達も、その会話を聞いて緊迫感が薄れていく。

「黒き魔女殿とそのお弟子さん達か……」

「ちょいと変な魔力反応を感じてね。様子を見に来たってわけさね」

ロナが肩を竦める。

冒険者達と同行してきたギルドの調査員の男が代表して自己紹介をする。クレアとセレーナも名を名乗ると、ギルド調査員はよろしくお願いします、と応じてから斜面を見上げた。

「――あれが遺跡ですか」

「危険がないか、調査する必要はあるだろうね」

「……謝礼を用意いたしますので魔女様方にも協力をお願いできませんか？　報告からすると危険な魔法生物――墓守がいたわけですからね。戦力と知識は多ければ多いほど良い」

「あたしは構わないよ」

ロナがクレア達に視線を向ける。

「私も魔力が回復したら大丈夫です」

「お手伝いできることがあれば嬉しいですわ」

少女人形《リリー》が自分の胸のあたりを叩き、セレーナも笑みを見せた。

「それじゃ、決まりだね。報酬については内部に進入するまでに詰めとくか」

「分かりました」

クレア達は遺跡への侵入や内部からの出現を防止する結界を張った後で、調査隊と共にキャンプしている場所に移動することとなった。

比較的弱い魔物が住むエリアに魔物避けの強力な結界を張り、そこを調査隊の野営地としている。

「あ。これはロナ様がお作りになったものですか？」

セレーナが結界の様子を見て声を上げた。

「ギルドに頼まれて売った覚えはあるがね。セレーナには違いが分かるのかい？」

「はい。こう……非常に整っていて綺麗と言いますか。他所で見る結界は歪《ゆが》みがあったり揺らいでいたりしますので」

「ふむ。あんたにしかできない判別法だね」

「術者ごとに癖みたいなものがあるのなら、他では得られない情報が得られますね」

そんな話をしながら三人は野営地を見て回る。居残り側の戦力は最低限といった感じではあるが、これはロナの提供した結界符があるからだろう。

戻ってきた冒険者達が事の顛末《てんまつ》を説明すると、クレア達に視線が集まる。

そこに、一人の冒険者が近付いてきた。先程クレアが墓守から助けた冒険者達のうちの一人だ。

「少し良いだろうか？　仲間達があなたに礼を伝えたいみたいなんだが、まだ貧血気味で動けないんだ」

「分かりました。それじゃあ、ちょっと行ってきます」

「私もお見舞いに行ってきますわ」

「ああ。行ってきな」

「助かる。本来なら俺達から揃って礼を言いに来るべきところなんだが」

「いやいや、全然問題ないです。というか、無理せず安静にしていたほうが良いですよ」

少女人形がプルプルと首を横に振った。しなければならないことがあるのに動けないもどかしさというのは前世の記憶で知っているつもりだ。

クレアとセレーナが冒険者達に続いて彼らが寝かされているテントに案内される。

「魔女のお弟子さん達に来てもらったぞ」

「あ、無理に起きないでくださいね」

クレアが彼らの顔を見た瞬間に言う。

「俺達は……大丈夫だ。本当に深手だったのはジェナぐらいだからな」

重戦士の男が上体を起こし、テントの奥に目をやる。そこに、墓守に背中を深く斬られていた冒険者——ジェナが寝かされていた。大量に血を失ったということもあってまだ顔色が悪いものの、意識は戻っているようだ。ジェナはクレアからそう言われても身体を起こそうとしたようだったが、クレアは少し慌てたように小走りになり、横になっているようにと少女人形がその仕草で伝える。そんな姿にジェナは弱々しいながらもクスリと笑う。

それから頷いて身体の力を抜き、クレアを見て言う。

「……あり、がとう。あなたがいてくれなかったら、多分……あたし、死んでた」

「ジェナだけじゃない。あれは俺達全員が危なかった。ありがとう」

クレアは頷くと、深呼吸を一つしてから帽子を脱ぎ、顔を見せて頷いた。

「どういたしまして。全員無事で良かったです」

腹話術ではなく、クレア自身の口で言う。少女人形が腕組みしてうんうんと頷いているあたり、事情を知るセレーナの目から見ると、そこも含めて人形繰り師としての動きではあるのだろう。

セレーナが今まで見てきたクレアの性格からすると、冒険者達の命を助けた、助けられたという一件で話をするのなら腹話術抜きで応じるかも知れない。そのへんで挙動がぎこちなくなってもフォローできるようにと見舞いについてきたのでもあったが、問題はないようだ。

クレアは再び帽子を被ると、落ち着いたというように小さく息をつく。そんな姉弟子の姿に、セレーナは微笑みを浮かべた。

クレアとセレーナ、冒険者達はそれぞれ自己紹介をする。

「おお。セレーナさんは冒険者だったのか」

「そうですわね。領都で登録して冒険者になりました。ギルドで見かけることがあったらよろしくお願いしますわ」

「こちらこそ。魔女のお弟子さんだって言うなら、頼りになるだろうしな」

「私は姉弟子のクレア様と違って、魔法の腕はそれほどですわね。どちらかというと剣に比重を置いていますわ」

セレーナが腰の細剣の柄頭に触れて言うと、冒険者達も興味深そうに見やる。彼らにとっても魔法よりは分かりやすい部分だからだ。

「クレアさんは冒険者じゃないのかい？」

「私は――他のことを仕事にしていこうかなーとか思っていますので。けれど、冒険者の皆さんのことは好きですよ。これで有名な冒険譚《たん》なんかは大体抑えていますので」

クレアの肩に立って腰に片手を当てながらサムズアップする少女人形に冒険者達が笑う。あまり自分の事情を話せないクレアとしてはこういう説明になる。クレアからの冒険者に対しての印象についても本当のことであるが。

「はは。そんじゃ、クレアさんのイメージを損なわないように頑張らないとな」

「まあ、まずは体調が戻るまでは無理をなさらず慣らしていくのが良いかと。最初は食べやすいお粥とかにしておいて、元気が出てきたら赤身のお肉とか赤身魚とかレバーとか……それに卵に牛乳、チーズあたりもですかね。その辺を食べると血になって良いですよ」

「ほー……」

この辺は入院生活で得た栄養学的な知識だ。冒険者達としては魔女の弟子からの新情報として、感心して耳を傾けていた。


テントでの冒険者達との話を終えて、クレア達はまた別のテントに向かう。そこではギルド職員とロナが話をしていた。

「来たね。クレア、あんたにも謝礼の話が出てるよ」

「調査隊の皆さんを助けてくださったこと。それから、危険な魔物を討伐してくれたことに関する謝礼です。救助費と緊急討伐依頼の相場を上乗せしたものに相当するものを、と考えておりますが……魔物の脅威度の算出に関しては協議をする必要があるのかなと」

「なるほど」

「感じた魔力からの印象は伝えておいたがね」

「熟練の冒険者パーティーが防戦一方で、恐らく全滅していた、ということも考えると……相当な強敵であったというのが窺えますね」

「まあ……戦った場所と相性が良かったような気はします」

森の中での高速移動をしながらの戦いだった。クレアにとっては機動力を活かすことができるから、遺跡内部で相対するよりは動きやすかったのも事実だ。

とは言え状況や相性は、魔物の脅威度やその討伐依頼料には加味されないが。

ともあれ、謝礼を貰えるというのならクレアには否やはない。

「それから、墓守を倒した時にこんなものが残りました。危険がないか観察中なのでまだどうするかは決まっていないのですが」

布にくるまれた形で採取した液体の沁み込んだ土が入った容器であるとか、金属心臓の残骸、その内部にあった八面体の宝石のようなものをギルド職員に見せる。

「なるほど……。クレア様が討伐したものですので、それらに関してはお任せします。ギルドに売って頂けるなら高値で引き取りますが、正直私達では有効活用は当分無理ですからね」

「分かりました。これについては私としても興味がありますのでこっちで引き取ります」

そう答えるクレアであったが、その肩に座った少女人形が嬉しそうに小さく拳を握っていた。

(人形作りに活用したがってるね、これは)

(人形作りの研究用になりそうですわね)

そんなクレアを見て、ロナとセレーナは揃ってそう思う。

古代文明の魔法生物。そこに使われている技術がクレアの人形作りに流用できる部分があるならば、如何《いか》にも有用そうな技術だ。人形繰りに情熱を注いでいるクレアが喜ぶのは納得ではあった。

調査協力の依頼料についてもそのまま少し話し合って決まる。調査に用いる品等の実費はギルド持ちで、それに加えて高名な魔術師を雇えるだけの金額という形で落ち着いた。期間は遺跡内部の脅威度が判定されるまで。

安全であれば短く済むだろうし、遺跡内部で何かを見つけてその調査を進めるにしても、ロナ達が共にいればそれらに対する推測等もしやすくなる。

ロナのスタンスは基本的には自分に火の粉が飛んでこなければそれでいい、というものだ。それをギルドも知っているから、ここで協力してもらえるのは彼らにとって有難い話だった。

「それから、もう一つ聞いておきたいんだが――。遺跡に関しちゃギルド側としても想定していたのかい？」

ロナが尋ねると、ギルドの調査員は静かに頷いてそれを肯定した。

「一応は……それも想定してのものですね。帝国は過去、そのあたりに執心して大樹海に深入りし、その度に大きな被害を出しています。王国も……後れを取るまいと一度同じように大規模な調査を行い、それで痛い目を見てから慎重な姿勢ではありますが」

大樹海の南――王国側方面の情報を、帝国の諜報員が集めているという情報が上がっているのだと、調査員の男は言った。

「それで、南側で未発見の遺跡を帝国側が発見しただとか、そういうことも想定してたってわけだね」

「そうですね。派遣された調査員そのものや、連中が活動していた痕跡を発見するということも有り得ますから」

冒険者達が通常赴かない大樹海の奥へ入る場合は、基本的には届け出をしている。領域主を刺激しないようにする必要があるし、活動の目的、期間と範囲が絞れていれば救援も望めるからだ。だからギルドの把握していない野営痕を発見するだけでも帝国の動向を探る事に繋がる。

ところが、期せずして王国側が未知の遺跡を発見してしまったというわけだ。帝国の調査員の耳に入れば遺跡に絡んで来ようとするだろう。

少なくとも内部にあるものを把握し、必要なら管理下に置く必要がある。ギルドとしても王国としても、捨て置くわけにはいかないものであった。

調査隊の野営地は、遺跡のある崩落地まで割とすぐに駆け付けられる位置にある。体力や魔力の回復を待ちながらも異変を察知した時には迅速な対応ができるということで、クレア達も野営地に一泊してから遺跡の調査に向かうこととなった。

出払っていた調査隊の他のメンバーも野営地に戻ってきて、遺跡の発見や黒き魔女とその弟子の協力に沸き立っていた。

「――というわけで、人型をしているが不定形ってことさね」

夕食ができるまでの時間を待つ間、火を囲みながらも墓守に関する話をする。

「触腕を伸ばして、先端を鋭くすることで鞭や槍のように使ってきます。これは高速移動にも用いますね。こう、触腕を細く伸ばした先に中身――水を送り込んで膨らませるように、自分の体を送り込んで移動すると言いますか」

どうやって討伐したかは奥の手も含まれるものなので本人が語らないなら詳しくは聞かないのが冒険者達の暗黙の了解ではあるが、墓守がどんな能力を持っていたのかという情報については共有される。遺跡調査に向かう以上はどんな墓守だったのかというのは必要な情報だからだ。

「あの移動方法、本来身体が入らないような細い隙間でも入ってこれそうですわね」

「細い隙間からの奇襲はありそうな話だねぇ」

「……多分、それだ。俺達は何もなかったはずの通路で攻撃された。だが、壁にこれぐらいの隙間があったのを確認してる」

重戦士が手で亀裂の幅を示しながら言った。そこから出てきた墓守が奇襲を仕掛けてきたのだろう。実質的には、金属の心臓部が通り抜けられる大きさならどこでも通れるということだ。但し、金属心臓の大きさが違う個体がいないとも限らないから、それだけで判断するのは危険だろう。

「魔力反応は感じなかったが、他に何かがいないとは限らない。調査の時は慎重に行く必要があるねぇ」

ロナが言うと、居並ぶ冒険者達の表情に緊張の色が走った。

「一応、冒険者達から腕利きを護衛としてお付けします」

「ま、あたしらの仕事は調査協力での安全確認だしね。その辺は頼むとするか」

「そうですね。皆様も魔女様達をお守りすることを前提に動いてください」

「私達も可能な限り探知魔法を用いて皆さんが奇襲を受けないように気を付けます。確約できませんが」

「よろしくお願いしますわ。油断せずに参りましょう」

クレアとセレーナが言うと冒険者達も頷いて、方針が定まったところで夕食の時間となるのであった。

「――魔女様達の護衛をグライフさんにお願いできませんか？」

調査隊に加わった冒険者――グライフはギルドの調査員から魔女達の護衛を頼まれていた。

灰色の髪、青い瞳の男だ。歳の頃は20代前半ぐらいだろうか。目つきは鋭く、頬に刀傷がある。

「承知した」

グライフは答える。即答だった。

口数は少ないが、腕は確かで依頼は確実にこなす。辺境伯領支部のギルドからの指名依頼が度々入っている人物であった。大樹海の調査についても高難易度が予想され、重要度が高いものであるために調査隊に加わるように要請があり、それに応じたという形だ。

「もう一人、ルシア様に魔女様達の護衛をお願いしようかと。どのように守るかは、ルシア様と打ち合わせて頂ければと思います」

「ルシアか。分かった」

「では、明日はよろしくお願いします」

調査員は頭を下げて、テントから退出していく。

残されたグライフは、顎に手をやって呟く。

「魔女の弟子……クレアか」


明くる日。クレア達は朝食前にギルドの調査員から、二人の護衛を紹介される。

「グライフだ」

「ルシアって言うの。よろしく頼むわ」

男女の冒険者で、雰囲気は対照的だった。グライフは挨拶の際もあまり笑わず、その際も言葉は最低限だが、ルシアはにこやかで愛想が良い。

ルシアは少しウェーブがかった金色の髪と、明るい鳶色《とびいろ》の瞳を持つ人物。歳の頃は20代だろうか。細身で背が高く、人目を引く美女といった雰囲気だ。

「ああ。夕食の席で見かけてたが、その二人か。まあ、よろしく頼む」

「こちらこそよろしくお願いします」

クレア達も改めて自己紹介をする。ギルドでも腕利きとして有名な冒険者ということもあり、ロナは顔と名を知っている相手であった。

「では、早速護衛を始める。なるべく視界に入る位置にいてくれ」

「分かりました」

「もう？　野営地を出るまでは大丈夫じゃないかなーって思うけど……ま、いっか」

グライフはもう護衛を始めているのか、少し離れてロナ達3人が視界に収められる位置に移動し、そんなグライフにルシアは目を瞬かせてから、3人に先行するような位置取りに立った。

「では、後のことはよろしくお願いします。朝食はもうできていますので、食事が終わったら改めて遺跡へ向かうことになります」

「はいよ」

ロナが軽く返答すると調査員はお辞儀をして立ち去っていった。


「へーえ。それじゃセレーナちゃんは、冒険者の後輩なのねえ。ロナお婆ちゃん達、そういうの全然興味ないのかと思ってたけど」

「私の場合は、将来的なことを考えてですわね」

「師弟だからあたしの生き方を真似ろとか、つまらないことを言うつもりはないよ。真っ当に生きてりゃ口出しする筋合いはないさ」

ルシアは「良い師弟関係ねえ」と微笑む。

「それにしても歩きやすくて良いな」

冒険者の一人が言うと、グライフが尋ねる。

「確かに、護衛もしやすいが……護衛対象でもあるのだから、雑事は調査隊に任せてしまっても大丈夫だぞ」

「このぐらいなら大丈夫ですよ。人より魔力量は多いみたいですし、これも修行ですから」

少女人形が力瘤《ちからこぶ》を作りながら答える。

修行も兼ねて森歩きの術の範囲を広げ、調査隊が隊列を組んで歩ける程度の範囲をカバーしているクレアである。

「そうか。ならいい」

グライフはクレアの返答に頷く。

やがて森の向こうに崩落現場が見えてくる。調査隊はどこに遺跡があるのかと周囲を見回すが、ロナが杖で地面を軽く叩くと術が解けて遺跡が姿を現した。

「こんなに傍にあって気付けねぇのか……結界すげえな……」

斜面を見上げながら冒険者の一人が声を上げる。

それから遺跡の崩れた壁と、ぽっかりと空いた穴を見て静寂が生まれる。

手練《てだ》れのパーティーがあわや全滅というところまで行ったのだ。他の何かが潜んでいるかは不明だがこれからそこに突入する以上、緊張して当然の話ではあるだろう。

そんな空気の中で、一人の冒険者が口を開く。

「……実物を見て思ったんだが。魔女様達も一緒に突入するって言ってたが……やっぱり俺達が露払いして、最低限の安全を確保してからのほうが良いんじゃないか？　聞けば墓守は不意打ちが得意のようだし、入り組んだ狭い場所での戦いに魔法使いは不向きだ。謎解きに迫れるメンバーにもしものことがあったら困るだろ？」

「あたしらのことなら心配いらないよ。この二人には近接戦や狭い場所での戦い方も仕込んである」

ロナが言うとクレアの肩に座る少女人形とセレーナが揃って頷いた。

「もしもの時は、俺も盾になるつもりでいる」

「私もいるわよー。まあ、任せて頂戴」

「ええ。お二方とも、よろしくお願いしますね」

グライフとルシアにギルドの調査員が答える。

「俺達は一度中に入っている。手傷は負ったがジェナ程の痛手ではなかった。朝体調も確認したが、案内役としても多少は役に立てるはずだ」

そう言ったのは、最初に遺跡に潜入した冒険者の中の一人――カイレムだ。

「そうだな。俺達はカイレム達とも何度か組んでる。撤退の時間ぐらいは稼いでみせるさ」

そう言われて大きな盾を軽々と掲げて見せるカイレムと、先導役を担う冒険者達。

深手を負ったジェナはまだ動けず、野営地で体力の回復を待ってから他の仲間と一旦引き上げる予定だが、先遣隊として突入していたカイレム達はまだ調査隊メンバーとして働くつもり満々であった。

「では、案内よろしくお願いします」

「ああ」

調査員の言葉に頷いたカイレム達が先行して遺跡へ入る。

救助役や連絡役となる外部待機班もいるが、クレア達は探知役も兼ねている。隊列としては、調査員と共にカイレム達に続く形で遺跡に潜入することとなる。

クレア達が遺跡へと入る。

「……少し肌寒いですね。埋もれていた遺跡の空気という感じではないですが」

「確かに。土の中にあったものですし、もっと暖かくてじめっとしているのかと思っていましたわ」

「生きている遺跡だからね。空気の質が保たれてるのかも知れないね。この壁の紋様が何か、魔法的な仕掛けに見えるが、破損したからか今は機能してないようだね」

クレアが言うと、セレーナとロナが感想を口にする。

ランタンで照らされた壁の材質は不明。黒い石で作られており、壁には一面に複雑な溝が刻まれ、さながら紋様のようになっている。

通路は2方向に伸びているが——。

「襲われた方向はどちらでしょうか？　警備を配置するということは、そちらに重要なものがあるのではないかと推察しますが……」

「あっちだ」

調査員の質問にカイレムが一方の通路を指し示す。

「では後続班は、退路の確保。何かに攻撃を受ける等の非常時は、呼び笛を鳴らして全体に知らせてください」

「分かった」

調査班の方針も定まり、カイレム達の案内の元に遺跡の奥へと進んで行く。一度墓守に攻撃を受けているということもあり、二度目でもカイレムの動きは慎重だ。

「壁だけでなく、天井や床も、亀裂や隙間がないかはしっかり見なければならないな」

「壁は……模様があるからすぐには判別しにくいな」

「つーかなんでできてんだ、この遺跡……。床と天井は建材の継ぎ目すらないんだが……」

「最初に見た時は俺達も驚いたよ」

カイレムと斥候役を担っている冒険者達がそんな会話を交わしながら少しずつ進んで行く。クレア達は有効距離を短くした代わりに精度の高い探知魔法を用いて、奇妙な魔力反応がないかを確認する役回りだ。

そうやって万全の態勢を整えていても肌寒く、暗い遺跡の中は静寂に包まれており否応なく潜入班の面々は緊張感に包まれながらの探索となった。

「……なんの建造物なんでしょうね？　内部は別に複雑な構造というわけではなさそうに見えますが、変に折れ曲がっているというか……」

少女人形が首を傾げる。通路は入り組んでいるわけではないが、何度か曲がり角がある。それを除けば脇道に逸れる等もなく、奥に向かって進んで行くだけだ。内側に引き込んだところを墓守に襲わせるにしても、構造を複雑にしたほうが逃走しにくくなるだろうに、とクレアは不思議に思う。

事実として、カイレム達は不意打ちを食らった上で撤退に成功しているのだ。

「構造自体に魔法的な意味があるんだろうよ。紋様は壁が破損してたから完全には機能してないようだが……魔力は感じる。なんの意味があるのかは再現や研究で調べてみないと分からないかも知れないねぇ。古代魔法と現代魔法じゃ構成や様式が違うってのもあるが……」

「建造物が壊れない限り、効果を発揮し続けるということでしょうか？」

「それはあるかも知れませんね。だとすると……用途としては何かを保管したり、とか？」

クレア達は周囲の魔力を探りながらも得られた情報から、あれこれと推測して言葉を交わす。

「確かにこういう様式なら長期保存には向いているか。大掛かりではあるが、遺跡自体の保存状態も極めて良いと言えるからねえ」

「大樹海での古代文明の遺跡――遺物の発見報告は過去にもありますが、これはその中でも状態の極めて良いものに入ります」

ギルドの調査員がそう言うと、グライフが口を開く。

「墓守は保管庫への侵入者対策か」

「過去の遭遇例にあった墓守とは違いますね。墓守はそもそも遭遇例の絶対数が少なく、古代文明においで一般的なものであったかどうか判断する材料が足りていません」

「後はここに何があるのか、よね」

ルシアが奥の暗がりを見ながら呟いた。カイレムの警戒を促す声。

「もうすぐ通路の隙間があった場所だ」

「……気を引き締めていきましょう。ここまで何もなかったのも、油断させるためだけ、という可能性もありますからね」

調査員がそう言うと一同が頷き、安全を確認しながらゆっくりと歩を進めていく。やがて問題の墓守が出現した隙間が見えてくる。

「魔女殿達は俺の背の後ろに」

グライフが隙間から守るように位置取りをする。

「変わった魔力は感じないね……。あたしの探知を潜り抜けてくる程の隠蔽がされてるならお手上げだが……墓守が寝てた時と起動したと思われる瞬間はそうじゃなかったからねえ」

「そこは私でも遠隔から感知できてましたからね。これだけ近付いて感知できていないのはおかしいですね」

「弱い魔力反応は――建造物全体。それから、もっと奥からかね」

クレアやロナの言葉に頷いたカイレムが、ランタンで隙間の奥を照らす。

「……あれか。墓守が出てきた跡だ。俺達も罠を疑って隙間の奥は確認したが、あんな窪《くぼ》みは存在していなかった。辺りの壁と同じように、溝の掘られた壁があっただけ……に見えたが擬態していたんだろうな」

隙間の奥には小さな空間があったが、そこの壁には人型の窪みがあった。

「では――やはりここから出てきた墓守が奇襲を仕掛けてきたということになりますね」

「……やっぱり、魔力反応は感じません」

カイレム達の推測が当たった形だ。クレア達の言葉と合わせて、少し安堵したように冒険者達が息をついた。

「次の墓守がここから出てくるということではないのなら、一先ずは安心できますね。他の危険がないと担保するものではありませんが。引き続き気を引き締めて参りましょう」

調査員の言葉を受けて冒険者達は再び緊張感を持って先へ――更に先へと進んで行く。そして――。

「行き、止まり……？」

鏡を使って注意深く曲がり角の先を覗いた斥候が怪訝そうな声を漏らす。

調査隊の行きついた先には、何もなかった。ただの行き止まり。通路の終わりがそこにあるだけだ。

「いや……魔力は感じるねぇ。そこの壁からだ」

ロナが歩を進めると護衛の二人と共にクレア達も少し前に出る。ロナは突き当たりの壁に手を翳《かざ》して思案しているようだった。その様子を調査隊が固唾を飲んで見守る。

「……知らない魔力波長だねぇ。この壁に何かはあるんだろうが。あんたらは何か気付くかい？」

「うーん……。確かに感じたことのない魔力波長ですね。と言っても私はそこまで色んなものを見てきたわけではないのですが……紋様がここまでに来たものと違うパターンに見えます」

クレアの肩の上で腕組みをして、首を傾げる少女人形。クレアの場合、こっそりと糸で壁の模様を写し取って重ねるような形での比較ができるのだ。その辺りの事は固有魔法に関することなので口にはしないが。

セレーナも顎のあたりに手をやりながら壁を注視していたが、やがて口を開く。

「私にも……初めての魔力波長ですわ」

セレーナの場合は魔力を視覚情報で捉えている。やはり固有魔法に関わることであるために少し言葉を選んで口にしていた。

「けれど壁の中央あたり、でしょうか。その辺に何か――」

「……このへん、ですか？」

目蓋を細めて壁の一部を指差したセレーナの言葉を受けて、クレアが一歩前に出る。クレアが壁の前まで行ったその、瞬間に――。

「む――」

「え……？」

ロナやクレアの声。壁の中央に小さな光が宿ったかと思うと、描かれている紋様の溝に合わせてそこから青色の光が広がっていく。突き当りの壁一面にその光が満ちると、音を立てながら壁がゆっくりと左右に開いていった。

その奥には小部屋。小部屋の天井には光が宿り、中の様子が白々と照らされていた。

誰も、言葉もない。何がトリガーになって壁が開いたのか。そして小部屋の中にあるものは。それらに目を奪われ、事態の変化を飲み込もうと思案を巡らせ、それぞれに戸惑いや不安、それに緊張や期待を抱いていたのだ。

それから——壁が反応した時に一番近くにいたクレアにも注目が集まっていた。それに気付いたクレアが、振り返る。

「えっと……多分何もしてない……と思うのですが」

肩の少女人形が、ぱたぱたと手を横に振った。

「……えっと。恐らく、ですが。墓守の何かが反応したのではないでしょうか？　傍からではそのように感じましたわ」

「——ああ。墓守の残した残骸……でしょうか？　その辺が鍵に……？」

「……のようだね」

セレーナがおずおずと言うとクレアとロナがそう応じて、調査隊にも納得したような雰囲気が広がる。

そうなると調査隊の注意が集まるのは、やはり小部屋の内部であった。だが、誰も不用意に踏み込むようなことはしない。墓守がいたことを考えれば罠の可能性とてある。魔法的な仕掛けがもうないとも限らない。

「部屋の中は――天井の光から魔力か。あの中央の台座からもだ」

「置かれているものは、本……でしょうか？」

台座があり、そこには本が一冊置かれていた。

「遺跡内の環境は本の保存状態を良くするためのもの、かねぇ」

「いずれにせよ、あの本は回収して調べなければなりませんね……」

ギルドの調査員が言う。と言っても、やはり魔法的な仕掛けがあるかも知れない部屋に、中々踏み込める者はいない。魔力を感知できるクレア達とて、古代魔法となると予想がつかない部分も多いのだ。

「ふむ。あたしが行くかね。魔法の仕掛けに対応できるのもあたしだけだろ」

「いや……それならば俺が取ってこよう。どうせ誰かは行かなければならない。魔法で引き寄せるような手段があったとしても、それが罠の発動条件になる可能性もあるしな」

ロナの言葉に答えたのは――グライフであった。

「危険だよ？」

「承知の上だ。この中で一番魔法に精通している者に危険な橋を渡らせては、護衛の意味がない。何かあった時に外から対処できる可能性が一番高いのもあなた達だ。ならば単純な戦士でしかない俺が出たほうが良い」

　グライフは一切迷いを見せずに言い切って見せた。

「だったら私も行くわ」

　ルシアも言うがグライフは首を横に振る。

「駄目だ。護衛対象から両方が離れてどうする」

「それはずるいわね。ならくじ引きで――」

「案を出した者が実行すべき内容だ。だから――あなた達を頼りにしている」

　グライフはルシアから向き直り、ロナ達に視線を向ける。

「良いだろう。しっかりと注視しておく」

「私も変化を見逃さないようにしますわ……！」

「私も一緒に行きたいところですが……気をつけてくださいね。念のため、ポーションを渡しておきます」

　クレアが自作の痛み止めや治療用のポーションをグライフに渡す。

「心強くはあるな」

　グライフはポーションを受け取って少し笑い、調査員や他の冒険者達に視線を向ける。

「そういうことで良いな？」

「……申し訳ありませんね、グライフさん。私個人からも危険手当ということでギルドに口利きするとお約束します」

「ああ。それも助かる。では、行ってくる」

「――グライフ君は……戦士としては動きの速さを信条としているって聞いたわ。冒険者らしい多才さよね」

クレア達の傍に立ったルシアが情報を共有してくれる。

グライフは腰の後ろに交差させるような形で二本の武器を佩いている。一般的なショートソードよりは小振りだが、ナイフと呼ぶには大型の刃物だ。それを見る限りは速度を重視した軽戦士という情報は納得ではある。

そう言うルシアはと言えば、閉所でも取り回しの良さそうな短槍を身に着けている。

「であれば……飛び道具なんかは躱す算段もある、と」

「かも知れないわね。もし救助に移るとしたら、彼が身軽ってことは知っておいたほうが良いと思うから、念頭に入れておいてね」

「分かりました」

ルシアの言葉にクレアが答え、少女人形がこくんと頷いた。

グライフは右逆手に刃を握ると眼前に構え、慎重に歩を進める。調査隊全員が緊迫感を抱きながら見守る中で――グライフが小部屋に足を踏み入れた。

「……今の時点では魔力に動きはないね」

ロナの言葉に振り返らずにグライフが頷く。ゆっくりと部屋の中央へ。台座の上にある本を取り、周囲の様子を窺う。

静寂。何事も起こらない。更に数秒待ってから、グライフが振り返る。

「台座にあった魔力が……」

「小さくなって、消えてしまいましたわ」

「役割を終えた……ってとこかね。最初から扉を開いた相手に本を託すつもりで作られた建造物だったか？　本自体も魔力を感じない普通のもののようだが……」

クレア達の言葉を聞いて、安全は確保されていると判断したグライフが戻ってくる。

小部屋を出て1歩2歩と歩いたところで、手の中にある書物を見てグライフは少し安堵したように息を吐くと、冒険者達も歓声で応じる。クレアも少女人形と共に拍手をし、セレーナもクレアに倣って拍手を送った。

「無事で何よりです。いや、ありがとうございましたグライフさん」

「では、これは渡しておく」

調査員が代表して礼を言うと、グライフは書物を手渡す。

「……保存状態が良いですね。目下の問題は古代文字の解読でしょうか。それについては一度領都に届けてからの話になりますが」

「ポーションも返す」

「それは差し上げます。危険な仕事をしてもらったことへの感謝の気持ちということで」

少女人形がサムズアップすると、グライフは少し笑って「そうか。なら受け取っておく」と応じた。

「ところで通路の反対側はどうなってるんだ？」

「あまり進むことなく扉に突き当たったが、罅《ひび》が入っていてな。開けてみると土で埋まっていた。構造的には出入り口なんだろうな」

カイレム達は既にそちらの探索を終えていたらしい。

「ま、念のためにそっちも確認しておくかね」

「そうですね。遺跡自体にも価値がありますし、壁の溝が魔法的なものであればそれらも含めてでしょうから。危険がないかは念入りに確認しておくべきです」

調査員がそう言って、一行は残りの区画の確認作業に移るのであった。


やがて調査隊は残りの部分の確認作業を終えて、遺跡を出てくる。

「外だ……！」

「危険な遺跡の調査なんて初めてだったから緊張したぜ」

「肌寒い上に暗いから余計にな……」

外に出てきたことで冒険者達の緊張感も解け、皆が喜びの声を上げる。

「結果としては襲われることもなく大きな収穫を得られた遺跡調査でした。無事に終わることができたのは皆さんの尽力のお陰です。ありがとうございました」

調査員が一礼する。とはいえ、調査隊の仕事はまだ終わっていない。本来の目的は未発見の遺跡調査ではなく、できるだけ多くの範囲を調べて帝国の活動の痕跡を確認することなのだから。

クレア達はグライフとルシアに向き直る。

「グライフさん、ルシアさん。護衛、ありがとうございました」

「お陰で魔力を調べることに集中できましたわ」

その言葉に合わせてクレアとセレーナ、それに少女人形の二人と一体が揃ってお辞儀をして、ロナも頷く。

「お互い無事で何よりさね。何事もなく終わったから言えるが、中々刺激になったよ」

「ふふ。私もロナお婆ちゃんやお弟子さん達と一緒に仕事をできて、楽しかったわ」

「うむ。さて。それじゃあ撤収するかね」

「ロナ様方にも改めてお話があるかと。領都にお越しになった際にギルドに足を運んでいただけたら幸いです」

「あいよ。近い内にね」

「また領都で見かけたらよろしくお願いします」

「それでは失礼しますわ」

調査員や冒険者達に挨拶をして、クレア達は帰途に就く。但し、ロナが向かった方向は俺のある場所とは別方向だ。この辺は庵の場所を推測させない偽装ではある。

森歩きの術で真っ直ぐに歩いていたが、ふと足を止めて周囲に隠蔽結界を広げてから、ロナが言った。

「さて。セレーナは――高度な探知魔法を展開してたってわけじゃないし、相性的にあれは見えなかったかも知れないからまずクレアに聞こうか。今の状況というか……この後すべきことは理解できてるかい？」

ロナが尋ねるとセレーナは不思議そうに目を瞬かせるが、質問をされたクレアはロナが言っていることに心当たりがあるのか、少女人形が顎に手をやって思案しているような仕草を見せる。

「んー。そうですね。ちょっと……あの人は気になりました。だから、位置も追尾できるようにしてあります」

「良し。方法はどうやってるんだい？」

「探知魔法でも個人の判別もできますが……もし探知し切れないような手段を持っていたとしても、小さな蜘蛛糸みたいな微小な糸をくっ付けているので、追っていける状態ですね」

「なるほどねぇ。そりゃ確かにどんな隠蔽系を駆使しても意味がないねえ。一応あたしのほうでも見とくから、今日は野営地の近くでこっちも野営だね。あ、痕跡は残さないようにしな。それが帝国の諜報活動の痕跡だと思われても困るからね」

そんな会話をする二人に、セレーナが首を傾げる。

「お二方は何かを感じ取ったのですか？」

「そうですね。あの扉が開いた時に、動揺して……隠蔽が乱れている人がいました。その時に探知魔法に引っかかったのは、調査隊の人だったんです」

「他人に対してそれなりに明確な害意や悪意を抱いてると、魔力をきちんと制御してなきゃ無意識に相手に対して向かっちまうことがある……ってのはセレーナにも教えたね」

領都に行った時、クレアが感じ取ったものと同じ理屈ではあるが、高度な探知魔法を展開していたが故に、隠蔽系の魔法を用いていても引っかかってしまった者がいたということだ。

「はい。自然と身に纏っている魔力の微小な動きなので、私の場合は見えないか、余程の感情でないと意識できないかも知れないということでしたわね。ということは、悪意を持っている方がいたのですね。……まさか帝国の？」

「そうだね。普段なら行動に移さなきゃそんなのはどうでもいいんだがね。調査隊の中にそんな反応をするのが紛れてるってのは、少し警戒しておいても損はないだろうさ。で、その諜報員かも知れないって奴だが――」

ロナは帝国の諜報員かも知れない人物について、セレーナと情報を共有する。

「あの方が……」

「それで……セレーナ。あんたもあの扉のところで何か感じ取っていたね？　今の話に対する反応からすると、諜報員以外の何かだ」

「はい」

今度はセレーナが真剣な顔で頷く。セレーナは扉が開かれた時に墓守の何かが反応したのではないかといったが、その時に他の者から見えないよう、クレアとロナに対して片目をウインクするようにして合図を送っていた。話を合わせて欲しいという意図を込めたものだったが、ロナとクレアもその意図をしっかりと汲み取ってくれた。

「……扉を開いたのは、恐らく墓守の残骸ではありませんわ。扉から放たれた波のようなものが、クレア様の魔力に触れた瞬間に反応していたように見えましたの。墓守を討伐したのがクレア様だったから反応したという可能性もありますが……」

「それをあの場で言ったら、扉を開く条件や前提がどうであれクレアが扉を開いたってことになっちまうさね。残骸に目を向けさせて納得させたのは良い対応だったよ」

「ありがとうございます。助かりましたセレーナさん」

ロナの言葉と共にクレアが帽子の鍔を上げて、セレーナに礼を言う。セレーナは少しはにかんだ様子で「光栄ですわ」と微笑んで応じる。

帝国の諜報員のことを抜きにしたとしても、そういう形で耳目を集めるのはよろしくない。結局墓守をどうやって倒したかも少し曖昧にしているのだ。討伐における一番の功労者はクレアだとギルドに伝えてはいるが。

第10章　夜の大樹海にて

「しかし、諜報員だけでなく古代文明の遺跡に扉に書物ですか……。なんだか騒がしくなってきましたねえ……」

クレアは他人事のように言って、少女人形《リリー》は遠い目で空を見上げている。いつの間に用意したのか、ティーカップとソーサーのような人形用の小道具まで傾けて息をついているような仕草をしている。

「手が込んできたねぇ……」

「私は好きですわ」

ロナとセレーナがそんな風に話をし合う。

「まあ、冗談は置いときまして。扉が私に反応していたというのはなんなんでしょうね」

「今はまだなんとも言えないね。あんた自身に何か前提を満たす条件があったのかも知れないが、それは墓守を倒したからだってのも考えられない話じゃない」

「本の解読が進めば何か分かるかも知れませんわ」

「ふむ。そっちにも少しは関わるべきか。それについちゃ次に領都に足を運んだ時だね」

ロナは腕組みしつつ思案を練る。それからクレアに視線を向けた。

「墓守の残骸も、当分の間研究はしても元の状態をなるべく保っておきな」

「今後、何かしらのカモフラージュに使うかも知れないですもんね」

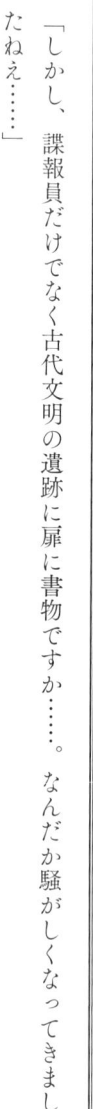

「ああ。また同じようなことがあった時に墓守の残骸を持参していけば誤魔化せるかも知れないよ」

「仮に扉が開かなくても今度は前提条件を満たしてないから、で終わる話でもありますわね」

「扉はそれでいいとして……目下の問題は諜報員か。まあ、まだ疑惑って段階だが」

ロナが言うと、セレーナが頷く。

「帝国が古代文明に固執しているわけですし、諜報員なら時間を置かずに情報伝達に動くのではないかと思いますわ」

「書物の奪取も有り得なくもないですね。そこまで強硬手段を取るかは分かりませんが、件《くだん》の人物は隠蔽系の術を使っていたわけですから、魔法的な手札も持っていそうではありますし。とはいえ、今も『触れて』いるので魔法的な手段を使って何かしようとしたら察知できますが」

野営地で怪しげな動きを見せたら自分達も行動を起こすと決めて、ロナ達は頷く。それからクレア達は野営の準備に入った。

「痕跡を残さないようにということですし、樹の上で寝泊まりしますか」

「樹の上……ですの？」

「はい。任せておいてください」

そう言いながらクレアは比較的太い木を選び、両手を差し伸べるように掲げ、そこから糸を伸ばして幾重にも糸を張り巡らせていく。巨大な繭《まゆ》のような構造物が空中に形成されていった。但し、階段が付いていたり入り口部分があったりと、空中に作られてはいるものの実際はテントのような構造物だ。三人が寝泊まりできるだけの大きさはあるだろう。

最後に表面の色が変化して森に紛れるような迷彩模様になる。

「なるほどねえ……。とりあえず、人払いと隠蔽の結界はあたしがやっとこう」

「ありがとうございます。維持しておくだけで良いのなら余裕かと」

少女人形が力瘤を作るような仕草を見せる。

三人が構築された繭テントに入るために階段に足を掛ける。

「普通の階段のようにしっかりしていますわね」

「テントの床も同じような感じですよ。座る部分はまた違いますが。寝床も程々の柔らかさにしてます」

クレアの糸は強度や特性、色や太さ等、かなり多彩に変化させられる。硬質化やゴムのような伸縮性を持たせるといった物理特性的な変化のみならず、触れられない実体のない糸にしたり、別の魔法を乗せて糸自体を隠蔽したりと自由自在だ。

固有魔法だけあって単に固さ等を変えるだけならば、テント程の大きさであってもクレアにとって維持は楽なものであった。

テント内部は3人で入っても十分な広さだ。クレアの言った通り座布団や寝床も既に準備されていた。食事や水筒を鞄から取り出して、野営の準備に入った。

「何か……野営という感じがしませんわね。居心地が良いですわ」

「ふふふふふ。修行で何度か野営もしていますからね。こういうのがあれば良いのではないかと、以前から温めていたネタです」

「色々と考えるもんだ。ま、楽をするために苦労して何かを考えるってのはあたしも嫌いじゃないがね」

そんな会話をしながら魔法の鞄から食べ物を取り出し、3人は食事の準備を進めていった。

クレア達の場合は魔法の鞄があるために、外でも保存性や重量をあまり考慮しなくていい。狩った魔物の肉や、チーズ、庵で採れた野菜や果樹もあって、普段の庵での食卓にも並ぶ品々が取り出された。

「夜は見張りをしますし、夜食分も作ってしまいますね」

「ああ。食事を済ませたら交代で仮眠もとっておくとするか」

「では、私も仮眠時間をお二方とずらして、眠らないためのお話し相手やお二方が対象に集中している分の周辺の警戒役を致しますわ」

セレーナは視覚外での遠距離探知ができないためか、そうした役回りを買って出るのであった。


──セレーナが目を覚ましたのは、陽が落ちてしばらくしてからのことだ。

「おはようございます、お二方とも」

「おはようございますセレーナさん」

「ちゃんと眠れたかい？」

「はい。薬湯のお陰でよく眠れましたわ」

寝付きの良くなる薬湯をロナが調合してくれたのだ。少しばかり苦いが効果は高い。

「それじゃあ、早速ですが……今度は私が仮眠を取りますね」

「あいよ」

「はい。おやすみなさいませ」

「では、また後で」

薬湯が入っているであろうカップの中身をクレアが飲み干し、テントの奥にある寝床に着く。少女人形も隣で横になっている姿はセレーナにとって微笑ましいものがあった。

セレーナはテントの入り口付近まで行くと、外を見張る。

「まだ動きらしきものはない。あたしの隠蔽結界もあるし、夜は長いから気を張りすぎると大変だよ」

「分かりましたわ。余力は残しておきます」

セレーナが答えるとロナは頷き、今度は目覚ましの薬湯を勧めながらもクレアの周囲に消音の結界を張って静かに眠れる状況を構築する。

「で――冒険者には慣れたかい？」

「はい。お陰様で。冒険者というより、見習い魔女としてクレア様と共に大樹海を駆け回っている感じですが、修行自体が楽しいですわ」

「くっく。そりゃ何よりだ。ま、大樹海で魔物を狩るためにやるべきことってのは立場が冒険者だろうが魔女だろうが変わらないさ。あたしが昔冒険者達とつるんでた頃から蓄積してきたものだからね」

大樹海やそこに棲息する魔物達はロナが冒険者仲間と行動していた頃と大して変わっていない。ロナが伝えた大樹海でのノウハウは、他の冒険者達と共に行動したとしても通用するものだ。ロナが冒険者仲間と共に大樹海に来たという話はセレーナも聞いていた。

「――そんな貴重な知識を教えて頂けるのですから、私は本当に幸運ですわ。私からクレア様にお返ししているものはありますが……釣り合うとはとても。ロナ様に対してもです。私に何かして欲しいこと等はないのですか？」

「問題ないさ。あたしにはあたしの目的があり、あんたらの固有魔法から学んでることもある。だから、ちゃんと返してもらってるものはあるんだよ」

ロナは軽く肩を竦めて言った。

「ロナ様の、目的……」

「ふふん。つまらんことさね。それに、弟子を育てるってのもそれなりに楽しんでるよ。クレアと出会う前は考えてもいなかったがね」

ロナはにやっと笑って言った。

「……さて。時間は余ってる。諜報員が動くとすりゃ、調査隊が寝入って人目が少なくなってからだ。それまでは軽く講義――というか魔法の知識や雑学でも話をしておくか。集中する必要のある内容だと、他が疎かになっちまうからね」

「そろそろ交代かね。起きな」

やがて月が高くなってきた頃。ロナはそう言いながら消音の結界を消して指を鳴らし、偽装解除の魔法をクレアに浴びせる。

「んっ……」

クレアと少女人形が揃ってがばっと起き上がるも、髪と瞳の偽装は解けていない。セレーナから見ても普段より軽い阻害の魔法ではあったが、その辺は今が監視中であることやクレアが糸魔法を維持していることも関係しているだろう。

糸に影響を与えないよう、偽装魔法に限定して干渉しているのだ。ロナから言わせれば眠っているからと、この程度の軽い偽装解除魔法程度で維持している偽装魔法を突破されていたら話にならない。

「んー……。おはようございます」

少女人形が欠伸《あくび》しながら目を擦るような仕草を見せる。

「おはようございます、クレア様」

「おはよう」

そんな挨拶を交わしてからロナは寝床へと向かう。

「それじゃ、しばらくの間は任せたよ。まあ、探知に何か引っかかったらあたしも勝手に起きるとは思うがね」

「はい。おやすみなさい、ロナ。消音の結界はこっちで使っておきます」

「おやすみなさいませ」

相槌を打ちつつ横になったロナには緊張感もないようで、横になってすぐに寝息を立てていた。クレアはロナの周囲に消音結界を展開すると、セレーナの近くに腰を下ろす。

「セレーナさんは疲れてないですか？」

「大丈夫ですわ。ロナ様とお話をしながらだったので、そこまで集中して警戒していたというわけではないですもの。それに、ロナ様も動くとするならば、もう少し遅くなってからではないかという見立てでしたわ」

「そうですね。あの人も自分のテントに戻ってから動いていないようですし、魔法も使っていません。やはり、みんなが寝静まった頃合いでしょうかね」

「もう少し、といったところですわね」

夜食を食べ談笑したりと、二人は警戒しつつも時間を潰していたが——。

「ん……」

クレアが顔を野営地の方へ向けると、ロナが身体を起こすのがほぼ同時だった。

「動いたようです」

「準備はできてるね？」

「いつでも動けますわ」

「それじゃ行くとしよう」

3人は連れ立ってテントを出る。クレアの糸魔法で作られていたテントは、最初から何もなかったかのように消失した。

「どうやら野営地を裏からこっそり抜け出そうとしているようです」

「どこかに向かおうとしてるね。仲間と落ち合うんだとするなら……今のとこ探知魔法には引っかかっちゃいないが」

隠蔽の技術が高いのか、それとも他の何かがあるのか。まだ諜報員ではない可能性も排除できない状況だ。

クレア達が森歩きの術と隠蔽の結界を展開して暗い夜の森を進んで行く。夜目を利かせるための魔法こそ使っているものの、その動きには迷いがない。直進できるということもあって、夜であっても障害物に関係なく移動できる。

目標に向かって真っ直ぐに移動するだけで良いのだ。あっという間に彼我《ひが》の距離を詰め、木立の向こうにその姿をちらほらと捉えられる程度の距離まで到達した。

「やはりあの方ですわ」

「……単独行動のようですね」

クレア達は距離を保ち、その人影が何をするつもりなのか、様子を見ながら尾行する。

やがてその人影は、懐から何かを取り出す。

それは紐がついた石だった。ペンダントのように見えるそれを手にぶら下げる。振り回して石を木立にぶつけると、石が光を放つ。

「漏光石か」

「漏光石？」

「見ての通りだ。衝撃を与えるとしばらくの間、光る石だよ」

人影は光を放つ石を、紐を用いて、くるくると振り回してから樹上高く目掛けて放り投げる。

光でどこかに合図を送ったのだ。しばらくの静寂。状況の推移を見守っていたクレアであったが、ふと上を見上げた。

「今の光に反応して……でしょうか。上空から魔力反応がこちらへ近付いてきます。あまり大きなものではありませんが――」

「この波長と動きは、鳥の魔物だね。夜目が利くなら梟《ふくろう》か。これを連絡役にしてるってわけだ。鳥を放った位置は方向からすると……ああ、そこだね。何人かがいるのを特定した」

クレアとロナが起こっている動きを分析して言う。

「鳥ならば……大樹海の上を飛べるというわけですのね」

天空の王が狩りに来るのは本来飛ぶはずのない生き物が大樹海上空を飛んでいるのを発見した時だ。元々飛ぶことのできる生き物ならば、狩られることはない。

「魔力波長からすると、召喚師じゃなく魔物使いのほうさね」

「本人かその仲間かは分かりませんが、そういう技術を持っている人物がいるわけですね」

「そういうことだ。あたしは遠くにいるほうをやっとく。あんたらは――そうだね。協力して梟とあれを両方抑えな」

ロナはそう言うと、二人の返答を待たずに軽い足取りで進んで行く。夜闇に紛れるように、ロナの姿はすぐに見えなくなった。

「私では鳥に飛ばれたら捕まえられませんわ。そちらはクレア様にお願いしてもよろしいでしょうか？」

「分かりました。セレーナさんの援護もしつつ動きます」

「心強いですわ」

「魔物梟を連絡役にするなら、手紙でしょうか。伝言というのも有り得ますね。鳥を迎えて何をするかまで見極めてから動きましょう」

二人と少女人形が同時に頷き合うとハンドサインを送り合い、別れるように別方向に移動する。万が一にも逃がさないように挟み撃ちにするためだ。クレアは梟が飛んでくる方向へ。セレーナは野営地側のある方向へと位置取る。

――人影が何度も断続的に舌打ちするような音を鳴らす。それに応えるように梟の声が森に響いた。その人影が空中に向かって丈夫な革の小手を装備した腕を差し出すと、翼の音もなく闇夜の向こうから飛来した梟がその腕に止まった。青い眼をした梟の魔物だ。梟というよりはミミズクのような耳羽を持ち、この類の猛禽《もうきん》としては大型だ。れっきとした魔物であり、目の色が夜空に輝く星のようであることからスターオウルと呼ばれる。

「……来たか。こいつを頼む」

その男はそう言うと、腰のポーチから円筒型に丸めた手紙を出し、ミミズクの足に結び付ける。手紙を受け取ったミミズクは一声《ひとこえ》鳴くとすぐに飛び立つ。

そこに――セレーナが声を掛けた。

「こんな夜遅くに、誰に宛てた手紙なのですか？」

背後から声を掛けられた男は身体を強張《こわば》らせ、それからゆっくり振り返る。

「……魔女のお弟子さんか。誰かと思ったぜ」

その人物は――遺跡に突入する前にクレア達が同行することに対して反対意見を述べた男だ。

帝国側の諜報員だと仮定した場合、魔力感知できる人材が遺跡に同行することで、調査の妨害や遺跡内にある重要な遺物の確保といった工作活動ができなくなるから反対意見を述べたのではないかと、セレーナは推測する。

男はなんでもないというように友好的な笑みを見せながらも、周囲に警戒を払っている。男から放たれている探知魔法の魔力反応が、セレーナの目には見えているのだ。

ロナやクレアもどこかにいると思っているのかも知れない。

「いや。あの後、何か遺跡に関して判明したことがあったらしくてな。一日でも早くギルドに知らせる必要があったのさ。こんな時間だが、魔物使いの俺が一肌脱いで預かった手紙を渡したってわけだ」

最初から考えていた言い回しなのかも知れない。預かった手紙だと言えば内容を話せなくても仕方ない。詳しいことも知らないといって言質《げんち》を与えないようにしている。

「それは――不思議ですわね。梟が飛んでいった方向は領都のある方角ではありませんわ。今から野営地に一緒に戻ってお話を伺っても？」

「勿論だ」

害意はないというように両手を広げて見せながら男がそう言って――不意に掌から煙のようなものを放った。

スリープクラウド。吸い込んだ相手の意識を奪う魔法だ。

しかし、煙が噴射されたそこにセレーナはいない。地に沈み込むように体勢を低くして、魔法の放たれた範囲そのものを避けていた。

「な、にっ⁉」

仕掛ける瞬間も、発動させる魔法の種類も、完璧に見切られていたとしか思えないような回避。沈み込ませた姿勢から全身のバネを使うように地面すれすれをセレーナが突っ込んでくる。

視線が合った。抜き放った細剣を踏み込みと同時に突き込もうという構えを見せるセレーナに、男もそれに反応して繰り出されるであろう刺突から身を躱そうとする。

躱そうとは――したのだ。しかしセレーナはその動きを寸前まで見てから後出しのように行動を変えてきた。すれ違った直後に細剣を振るい、男の踵《かかと》のあたりを切り払っていく。

「ぐあっ⁉」

アキレス腱を斬られ、もんどりうって男が倒れた。それでも尚抵抗しようと顔を上げるが――。

「動かないでくださいまし。魔法を放つつもりなら次は発動前に止めますわ」

セレーナの静かな声。顔を上げた時には男の喉笛に、と細剣の切っ先が突きつけられていた。

スターオウルは手紙を身に付け、木々の間を抜けて空に舞い上がろうとした。

が——自身の身体に何か——異質なものが絡もうとしていることに気付く。

大きな青い目を光らせ——後方へと首がぐりんと180度振り返る。煌めく糸が、自身の足に絡んでいることに気付いた。

飛翔しながらも嘴《くちばし》を開いて、そこから衝撃波のようなものを発する。糸を吹き飛ばすためのものだ。絡んだ糸は簡単に千切れて吹っ飛んだように見えた。しかし一旦バラバラになったはずのそれが分裂したまま更に伸びて身体に絡んで来る。

スターオウルは咄嗟に手紙を処分しようと嘴を自分の足に向けて動かす。しかしそれも織り込み済みなのか、糸の絡んでいた足の部分に光の膜——局所的な防殻が広がった。

行動を躊躇えば、その後は一瞬だ。羽毛に潜り込むように絡んだと思った瞬間、全身に網の目のように広がり、身動きが取れなくなっていた。錐揉《きりも》み状態で落下していくミミズクは地面に落ちる前に引き寄せられていた。

クレアの糸は斬ってしまえば無効化できるのかと言えばそれは違う。今回のように隠すつもりがないのなら糸の周辺まで魔力で覆い、切断しても短時間の間なら変形させて繋ぎ直すこともできるし、分裂させたり、或いは迂回するように他の糸を繋いでおくことで、切断そのものを無意味にすることも可能だ。

墓守は斬ることで対策しようと狙っていたしクレアが有利になるフィールドを狭めるという目的で広範囲での切断を実行できていたから実際にそれも機能していたが、クレアが別の作戦を考えていれば展開もまた違っていただろう。

スターオウルの身体を包んだ糸がそのまま鳥かごのように変形し、木の枝に吊り下げられるような形となった。そこで結界を解いてクレアが姿を見せる。

クレアの手にはもう一つ、糸で作った鳥籠があった。

「魔物使いと関わりがあったというのなら、人との意思疎通もある程度できそうですね」

クレアが言うと手にしている空の鳥籠の内側に向かって、四方八方から長い針が瞬間的に飛び出して引っ込む。それを見たミミズクが大きな目を更に丸く見開くと、クレアは言った。

「大人しくしていてくれれば、こちらも手荒なことはしません。変に暴れたり、魔力を使わないようにしてください。感知した瞬間に自動的に反撃が出ますからね。良いですか？」

スターオウルが固まった表情のままでコクコクと頷く。少女人形もそれを受けて満足そうに頷き、クレアはその足に結わえられた手紙を確保した。ファランクス人形が出現し、スターオウルが入れられた鳥籠を手に提げてセレーナのところへ戻る。

「くそッ……！　そっちもかよ……！」

鳥籠で大人しくしているミミズクを目にした男が地面に倒れたままで歯噛みする。

「ご無事で何よりですわ」

「セレーナさんもお怪我がないようで何よりです」

お互いに手傷を負っていないことを確認すると、クレアが鞄の中からロープを取り出す。独りでに動いて剣を突きつけられたままの男の手足を縛り、それからクレアは男の足にポーションを振りかけて止血していた。

「抵抗はしないでくださいね。不審な動きや魔力の動きを見せた場合、こっちの意思ではなく自動で攻撃しますから。交渉とか駆け引きに移る前に意味なく苦痛を味わうだけですよ。服毒や舌を噛んだりするのも、治療ができるので基本的に意味がないと思ってください」

「……ここまでできる相手にそんなもんが通じるとは思っちゃいねえよ」

「なら良いです」

クレアはそう言って、あとはロナはどうなっているのかと、森の奥の暗がりへと視線を向けるのであった。


「――おかしい。スターオウルが戻ってこない」

魔物使いの仲間が呟いた言葉に、他の男が眉を顰める。

「大丈夫なのか？」

「ここは大樹海だ。他の魔物に襲われたってことも有り得るだろうが……逃げ切れないと判断した時は相手がなんであれ手紙を最優先で処分するように仕込んである。すぐさま大事にはならないだろうが、な」

「もう少し待って戻ってこないようであれば、安全策を取るほうが良いな。向こうが下手を打った可能性だってある」

「そうだな。共倒れになったら目も当てられない。撤退を選ぼう」

大樹海の暗がりで言葉を交わす男達は全員が目立たないような装束を纏い、口元を布で覆っていた。

男達はそれから更にほんの少し待つが……夜の闇と静寂が広がるばかりだ。放ったミミズクは戻ってこない。

限界と思ったのか、男達は頷いて場所を移動することにした。足早に移動しようとして、そこで異常に気付く。

「なんだか……静かすぎやしないか？」

いつの間にか、鳥の声も虫の声も聞こえなくなっていた。

森の様子は変わらないのに、いきなり周囲だけが異質な何かに変わってしまったかのような感覚があった。

「おい。方位を見てみろ……！」

ある者は術を使い、別の者は魔法のコンパスを取り出して、覆面越しでも分かるほどに驚愕の表情を浮かべた。大樹海でも狂わず、方位を示すはずの羅針がグルグルと回転し、止まったかと思うと右に左に揺れて、まるで役に立たなくなっていたのだ。景色もおかしい。ランタンの光が遠くまで届かない。周辺の木々以外は全くの暗闇で、木立や茂みすら照らせない。

「クソッ！　何がどうやってやがる！」

「探知魔法が効かない！」

男達は背中合わせになると剣を抜き放ち、杖を構える。敵がいるならそれを斬れば終わる。勝てない相手なら逃げればいい。しかし、敵の姿すら見えない、向かう方向すら分からないのに、何をどうすればいいのか。

ではは目の前の暗闇に飛び込めば突っ切って逃げられるのか。彼らが慎重で安全策を好む傾向があったからこそ、その手段は迂闊に取れなかった。

『武器を捨てて降伏するって宣言しな』

老婆の声だった。周囲を見回すが、音の方向は分からない。遠くから聞こえたようでもあり、すぐ近くから聞こえたようでもある。

「大樹海の黒き魔女……」

男達の一人が呟いて生唾を飲み込み、別の一人が怒鳴るように声を上げる。

「誰が降伏なんざするかよ！　出てきやがれババア！」

『くく……その状況でよく吠えたもんだ。だが――賢くはないね』

声がそう言って。僅かの間の静寂が落ちる。暗闇の中に囚《とら》われた男達は身構えるが――。

『右手』

「ぐあっ⁉」

魔女の声と共に。一人の男が苦悶の声を上げて手にした武器を取り落とし、腕を押さえた。

その右掌から、血が流れている。何かに穿たれるようにして小さな穴を開けられていた。

『左足』

「くっ！」

魔女が何をしようとしているのか理解した男が、声と共に左足を大きく引く。しかし無駄だ。動いた直後に何かに足の甲を撃ち抜かれてその場に倒れる。

小さな煌めきが一つ、二つと周囲に広がる暗闇の中に灯っていく。いや、一つ二つどころではない。満天の星空と見紛うばかりの輝きだ。

「おい……あれで攻撃してきたのか……？」

「まさか、あの光が全部……」

『降伏するって宣言しな。ああ、自決も無駄だよ。無理矢理にでも生かして捕える。多分あんたらにとっては、そっちのほうが愉快なことにはならない』

そんな魔女の言葉に、男達が顔を見合わせる。現状手も足も出ないのは事実だ。

反撃もままならないなら、この場は降伏する振りをしたほうが良い。状況が変われば反撃の機会もある。

だから——手と足を穿たれて動けなくなった男が……どうせ戦えないのならと口を開いた。

「降伏……する」

『それでいい』

魔女の言葉と共に、降伏を宣言した男の目が虚ろになる。膝をついていたはずが、痛みを感じていないかのようにふらふらと立ち上がり、仲間の制止も聞かずに星々煌めく暗闇に向かって無警戒に歩いて行って――その中に取り込まれるように消える。

自らの口で宣言をさせることで虜囚とし、相手の心を捉えて操る。魔女の術であった。ロナはわざわざ説明しないが、これは意識を失っても同じ結末となる。

『――さて。あんたらはどうするね？』

慄然《りつぜん》とした表情で固まっている男達に向けて、魔女の静かな声が響くのであった。

第11章　従属の輪

「――手紙には、何が書いてあるのでしょうか？」

「……一足先に確認しておきましょうか。手紙自体に魔力は感じませんし」

「……そうですわね。私にもおかしな反応があるようには見えませんわ」

セレーナが毒物等の妙な仕掛けがなされていないか、目の感知範囲を広げる術で手紙を確認してから言う。

安全が確認されたところで、丸められた手紙を開いて二人はそれに目を通す。

「……ギルドの調査隊に潜伏し、大樹海南部を調査中。彼らは帝国の諜報活動が活発化していることに警戒を払っている様子。調査隊が未発見の遺跡を発見。墓守もいたが大樹海に住まう黒き魔女とその弟子2名にて討伐された模様。遺跡内部の潜入調査に加わる。隠された扉があったものの、それを開いた鍵らしきものも確認された。正体不明の書物も発見。奪取を狙うが、監視も厚いため、報告を先に入れる。恐らく書物はギルドや辺境伯の元に届けられ、その管理下に置かれるものと思われる、と」

「……経緯が全部書かれていますわね……」

手紙を広げて朗読するような仕草の少女人形《リリー》。クレアの朗々と響く声にセレーナは眉根を寄せる。

縛られた男は二人から視線を向けられ、木の根に背を預けて座ったまま、何も言わずに目を閉じていた。

「何も話してくれそうにありませんわね」

「とりあえずロナが戻ってくるまで待っていましょうか」

ミミズクと男を取り押さえたクレアとセレーナがそのまま待っていると、やがて暗闇の中から複数の足音が聞こえてくる。

その人物達の姿を見ると、縛られている男が驚愕の表情を見せた。

ロナを先頭に後ろから男達がぞろぞろとついてきたのだ。但し、その男達は目が虚ろで、表情もどこか魂が抜けたかのようだ。

クレアとセレーナは男達の姿を興味深そうに見やる。弟子としては師であるロナがどんな術を使ったかが気になるところなのである。

「待たせたね。そっちの首尾はどうだい？」

「こっちも問題ありません。本人もミミズクもこの通りです」

「私もクレア様も怪我もなく無事ですわ。手札もほとんど見られていないかと」

クレアとセレーナは手紙の内容も説明し、ロナは満足そうに応じる。

「よし。それじゃあ、連中を野営地まで突き出しに行くとするかね。あんたも大人しくしてな。でないとこいつらみたいになるよ」

縛られた男にそう言ってロナは歩き出す。ロナの連れている男達もぞろぞろと機械的についていき、縛られた男も仲間達のような状態になるのは嫌なのか、項垂れたまま歩き出した。クレアとセレーナも、男の動きを確認できる位置取りをしながらもそれに続く。

程なくして野営地に到着し――見張り役であった若い冒険者がそれに気付いた。

「魔女様……？　戻って来たんですか？」

「ちょいと気になる輩が調査隊に紛れててねぇ。怪しい動きをしないか、帰ったふりをして監視してたら尻尾を出したってわけさね。もっとはっきり言っちまえば、帝国の諜報員じゃないかって疑ってる」

そうロナが言うと見張りの冒険者はロナ達と縛られている男や表情が虚ろな面々を何度か見比べるように視線を動かし「す、少し待っていてください！　報告してきます！」と、慌てて野営地の中に引っ込んでいく。

やがて報告を受けたのであろうギルドの調査員が、グライフやルシアを連れて戻って来るのであった。


「――いやはや……結局遺跡の解決ばかりか、帝国の諜報員まで捕えてしまわれるとは」

「帝国の諜報員と確定したわけじゃないけどね。魔力探知をしてたらこっちに敵意や害意を向けてるのまで感知しちまって、どうも怪しいと思ってたのさ」

「そういうことでしたか。見た所、術で言うことを聞いているようですが、この状態で情報を引き出せないのですか？」

調査員が尋ねるとロナは首を横に振る。

「そいつは無理だね。眠らせたままこっちの思うように動かしてるようなもんで、今のこいつらは意識があるわけじゃない。受け答えはできないよ。というか、心を操るような術は仕掛ける側としても意味が重くてね。滅多なことじゃやりたくはない邪法なのさ」

ロナの言葉に少女人形とセレーナは揃って頷く。

そういう術は呪いの類だとロナから教わっている。一応小人化や羽の呪い等は魔法の範に収めることを目的とした使い方をしているが、自分の所有物へ使う程度が無難、というのがロナの弁だ。他者に呪いをかけるというのは呪いを返された場合もそうだが、怨みを買ってしまった場合も、後々まで尾を引く可能性がある。

呪いをかけた相手とはそれが解除されたとしても悪縁が残っている。

相手からも呪い等でのアプローチがしやすくなるし、仮に呪いがかかったまま——或いはそれによって術者への怨恨の感情が強いままで相手が死亡した場合、呪いや怨恨の力が上乗せされた強力なアンデッドとなって直接復讐に来るという可能性もあるのだ。つまり、他者に用いるのが強い呪いであればあるほどリスクも高まるのである。

だから呪いの類は対処法を学ぶことは必要でも、生半可な気持ちで他者に用いるものではない。それこそ呪いを専門としているような外法の術者にでもなるか、そこまでしてでも成し遂げたいことがあると言うのならともかく、わざわざ選ぶ必要はないとロナは伝えているし、クレアもセレーナも同感であった。

「邪法の類ですか……。それは確かに、使って欲しいとはお願いできませんね。まあ、彼らから情報を聞き出すのは他の方の役割でしょう。今のお話は忘れてください」

「そうさね。こいつらと手紙はあんたらに引き渡すよ。こいつは魔法を使える。で、こっちは持ち物からして魔物使いのようだね。そこの二人は剣士か斥候ってとこか」

「分かりました。その上で安全に移送できるように対策をしましょう。魔物はどうなさいますか？　スターオウルは瞳や羽根、爪にも値が付くはずです」

調査員は鳥籠に入ったミミズクに目を向ける。魔物ミミズクは人の言葉が分かるのか、その言葉に目を瞬かせ、首を巡らせてクレアを見やる。懇願するような視線を向けられて、少女人形は少し頬を掻いた。

「あー……えっと。戦いや狩りの場で仕留めた相手ならともかく、一度無力化した相手を改めてというのも、少し気が引けますね」

クレアがそう答えると、ミミズクはそうそう、というように勢いよく首を縦に何度も振る。

「ふむ。言葉も理解できるし、意思疎通ができる。魔物使いとの関わりの中で色々覚えたんだろうが……あんまり主人との関係は良好じゃなかったみたいだね」

「と言いますと？」

「足輪を着けてるだろ？　そいつは勝手に外そうとしたり命令に逆らうと苦痛を与えるって類のもんだ。スターオウルは賢いからね。そういう頭のいい魔物には、信頼関係が築けてるなら使いたがらない魔物使いも多いんだよ」

ミミズクの足首に着けられた金属の輪を指差すロナ。

「……従属の輪だな。王国法だと人間に対しては刑期中の罪人以外に用いることが禁止されている」

グライフが静かな口調で言った。

「……それはなんと言いますか。苦労なさったのですわね」

セレーナが気の毒そうに言うと、ミミズクは俯いて小さく声を漏らしていた。

「と言っても魔物だし、従属の輪がある以上は逃がすというわけにもいかないわよねぇ」

「捕らえられている状況では何もできませんが、自由にした時に魔物使いを助けるために動かれたら困りますもんね」

ルシアの言葉に少女人形が思案しているような仕草を見せる。

「ま、そいつはこっちで引き受けるか。いくつか弟子に教えられることが増えた」

「分かりました。ではお任せします」

一先ずギルドには引き渡されないと知って、スターオウルは安心したように息をついていた。

「人との関わりが長かったからでしょうか、仕草に人間臭さがありますね」

そんなスターオウルの姿を見て、少女人形が腕組みしつつうんうんと頷くのであった。

「書物に加えて、という形になりますが……グライフさんとルシアさんに、彼らと手紙の領都までの輸送をお願いできますか？」

「良いだろう。引き受けた」

「どっちにしろ重要なものだものね。纏めて受けても同じことだわ」

調査員からのグライフとルシアへの信頼は厚いようだ。追加の依頼を受けた二人もまた、二つ返事で答える。

「ありがとうございます。輸送に必要な人員の選出も二人にお任せします」

「遺跡に入った顔触れの中には——もう紛れていない公算が高いな」

「そうね。害意や悪意を感知されていないということなら」

「では、よろしくお願いしますね」

クレア達は手紙と捕らえた男達を調査隊に引き渡した。

調査隊に紛れていた男については腕利きではあるが時折スタンドプレーする傾向があったらしい。他でも暗躍していたのだろうとギルドの調査員は言った。

「それじゃ、今度こそあたし達は帰るよ。領都には早めに顔を出すことにするかね」

「その時は、墓守の残骸も持っていきますね。保存したままでもこっちの研究はできますし、情報共有をしておくのは大事かなとも思いますので」

「承知しました。調査隊の人員や残骸に関することまで気をかけていただけるとはありがたいことですね」

「では、輸送もお気をつけくださいまし」

「ああ。お互いにな」

「また領都で会いましょうねぇ」

調査員やグライフ、ルシアを始めとした調査隊の者達に見送られ、今度こそクレア達は庵への帰途に就いたのであった。


「——いやあ……人形も破損してしまいましたが、ローブにも穴が開いてしまいましたね……」

庵に帰ってきて一夜が明ける。残骸の安全な管理方法を考えたり、普段している日常の仕事といった細々とした作業を終えたところで……クレアがローブを掲げるようにして、墓守にぽっかりと開けられた穴を眺めて残念そうにしていた。

クレアは表情にあまり出ないので変わらないが、少女人形のほうは俯いて首を横に振っている。

墓守との戦闘中に穿たれたものだ。帰宅するまではクレアも自身の糸魔法で穴を塞いで、何事もなく見せていたが、術を解いてしまえば結局破損したままなのである。

「そのローブはどうするつもりなんだい？」

「繕《つくろ》って直します」

「ま……物持ちが良いってのはいいことだがね。あんたぐらいの年なら、もう少しぐらいは飾り気が

あってもいいんじゃないかってあたしは思うんだがね。あまり普段言わないが、多少は自覚しといてもいいだろうよ」

クレアの返答にロナは少し笑って肩を竦める。

「そう、ですかね」

「そうさね。あんたは自分で服が作れるし繕えるから丈だろうが袖だろうがなんでも手直ししちまう。目立たないようにしてるってのはあるにしても、見習いだとか弟子だとかは気にする必要はないってのは言っておくよ」

クレアの身に纏っているローブは黒いものが多いが、これはロナのお下がりでもあるからだ。普段はあまりこういったことに口出しせずに放任するのがロナのスタンスではあるのだが、色々事情があるにしても人形は飾り気が多いのに本人がほとんど着飾る気がなさそうなのは見ていて心配になる部分がある。

「飾り気ですか。確かにそれは、見てみたい気がしますわね」

セレーナも目を閉じ、腕組みをしながらうんうんと首を縦に振る。

クレアは楽しそうに領都の仕立て屋に足を運んで生地や糸を購入したり露店や商店等でちょくちょく小物等も買っているのに、それらが活用されているのは専ら人形になのだ。

当人が楽しそうにしている姿は微笑ましいが、もう少しクレア自身に使ってもいいのではないかとセレーナも思う。

「むう……。お二人がそう思うということは、少し危機感を持ったほうが良いのかも知れませんね。

今の服は魔女感があって好きなのですが」

「魔女感……。魔女のだからそりゃそうだろうがね」

少女人形が顎に手をやって空を見上げ、ロナは明後日の方を見て嘯《うそぶ》く。

クレアとしてはロナのお下がりと言ってもプレゼントであることには変わりない。大切に着ているというのはあるが、それはそれとしてアクセサリー等を自分に使っていないというのも事実ではあった。

新しく作った人形や、同じくロナからの贈り物である少女人形の着替えや装飾に使われたりしている。そうやって錬金術や糸魔法で人形作りや人形繰りが色々できるのが楽し過ぎて、優先度が下がっていたというのは確かに頷ける部分であった。

「近い内に領都に行くわけですし、一緒にお買い物に行きたいですわ……！」

「おお……。それは楽しそうですね」

買い物のコンセプトとしてはクレアの身の回りのものを、ということになる。仕立て屋やアクセサリー等を売っている店はクレアがよく足を運ぶ行きつけの店なので、店主達とも顔見知りでもあるのだ。

買ったものがクレア本人には反映されないという、変わった客ではあるのだが。

「ふむ。その辺、セレーナに任せときゃ安心だろうが……焚きつけた手前、あたしも付き合うかね。たまにはクレアに着せ替え人形になってもらうってのも面白そうだ」

「良いですわね……！　盛り上がってきましたわ」

そう言ってセレーナは拳を握る。クレアとしても次の領都訪問は楽しみが増えた。

それはそれとして穴を開けられたローブはちゃんと直そうと考えていたりもするのだが。

「それじゃ、飯を食ったら午後は従属の輪に関する講義をするとしよう」

その言葉にクレアとセレーナの視線が鳥籠に入れられているスターオウルに向けられる。

「スターオウルの処遇を具体的にどうするのかは講義の後に考えりゃいい。ま、悪いようにはならないだろうから、あんたもそこは安心しといて良い」

そう言われたスターオウルは一声上げたものの、大人しく鳥籠に収まっていた。

◆

「やや条件付きではあるが、結論から言うと従属の輪は外せる。ま、従属の輪にかけられている術の強度だとか、当人や輪を開錠する者の意思も重要なんだけどねぇ」

食事が終わった後、居間に設置されたスターオウルの鳥籠を前に、ロナの講義が始まった。

クレアとセレーナに並んで、スターオウルもロナをじっと見て、講義内容に耳を傾ける。

「従属の輪の開錠術ってのは、秘匿されてるね。世間にはほとんど流布してないし、犯罪奴隷に使われているような真っ当な輪の使われ方をしてる場合もあるから開錠できるだなんて大っぴらに言えるものでもない。それなりに精緻《せいち》な術だし、後に尾を引くようなもんじゃないとはいえリスクもあるから、使う側の技量や覚悟も問われるってのもあるがね」

「リスク、ですか」

「ああ。外そうとする術者側に痛みがあるんだよ。従属の輪にかけられている術が高度なものになればなるほど、その痛みも増していく」

その場での痛みがあるだけとはいえ、そんな痛みを受けながら開錠に至るまで、それなりに難しい術を制御し切れるのかという話でもある。しかも途中で失敗すれば最初からやり直しだ。

「当人側の意思も問われるというのはどういう理由なのでしょうか？」

「外したいって意思がきちんと当人に伴ってなきゃならないのさ。従属の輪がかけられている現状を望んだり諦めたり受け入れているような心情だと、結局術者側が痛い思いだけして最後の最後に失敗しちまう」

クレアとセレーナ、それぞれの質問に答えるロナ。

「それは確かに……当人と術者と、両方の意思と覚悟が重要ですわね」

「つまり、開錠が失敗してしまったら、当人側が外すことを望んでいない、あるいはそういう心境ではない、ということですか」

「ああ。だから開錠するのなら、最初にそこを確認しておく必要がある。偽っても後で分かることだしね。そこで、だ」

ロナはスターオウルに視線を向けた。

「あんたがほんとに輪を外してほしいと思ってるのなら、鳴いて答えな。そうでなかったとしたら……当面は現状維持で解放しないってのを受け入れてもらうしかないねえ」

問われたスターオウルは、真っ直ぐにロナを見返したままで迷いなく声を上げる。

従属の輪に関してはスターオウルにとって望んでいない状況だということなのだろう。

「なるほどね。で、輪を外す役だが……」

「やり方を教えてください。そもそもスターオウルをギルドに引き渡しを躊躇したのも私ですから、覚悟を決めて術を使うとしたら私がやるのが筋です」

少女人形が自分の胸に手を当てる仕草を見せる。ロナはそんなクレアの返答に頷くと、開錠の術の詠唱や使い方を教えていった。

従属の輪の開錠リスクはかけられている魔法の精度次第だ。今回は探知魔法やセレーナの視覚で見る限りそこまで高度なものではないという見立てがなされた。つまりは――クレアの今の実力で術を制御し切ることも十分可能なレベルということだ。

詠唱方法や開錠時の注意を受けたクレアが早速試してみるということになった。

「リスクって言ってもその場の痛みだけで尾を引くようなもんじゃないからね。ただ、痛み止めなんかの対処法は通用しない。何度か失敗するかもしれないが、その辺は慣れと覚悟でなんとかするしかないね」

「一応、私は痛みに強いほうじゃないかなとは思うのですが……どうでしょうね。やってみないと分からないところはあります」

入院していた頃の前世の記憶を思い返しながらクレアは言う。

鳥籠越しに向かい合うと、スターオウルは目を閉じてクレアに頭を下げた。よろしく頼むということなのか、痛みを受けてでも開錠をしてくれることへの感謝や謝罪なのか。

「……良いですよ。自分の意思での行動がままならないというのは、辛いですからね」

クレアはスターオウルの姿を見て、自身の口でそう言うと僅かに目を細めた。

「受けるほうは祈りな。従属の輪が着けられた経緯にもよるが、それが不当なものだったり解き放たれたいって想いが強ければ、より外れやすくなる」

ロナがスターオウルに言うと、こくこくと大きく頷いた。

「では——行きますよ」

そして——クレアがスターオウルに向かって両手を差し伸べれば、鳥籠の真下……空中に光る魔法陣が描かれた。糸で構築した魔法陣だ。

クレアは朗々と詠唱を始める。

「我が痛苦と彼《か》の者の祈りを対価に捧げ、これなる戒めの輪を解かん……」

詠唱と共に魔法陣が輝きを増す。スターオウルが大きな目を瞬かせる中で、その身体もが光に包まれた。

クレアの身体も光に包まれる。セレーナの目には従属の輪から伸びた茨のような魔力がクレアの全身に絡みついているように見えた。しかし——クレアの表情に変化は見えない。展開している偽装にも身に纏っている魔力にも、乱れが見えなかった。

「……痛みに強いって言うだけのことはあるね。高度なものではないとは言ってもそれでも結構な痛みがあるはずなんだが」

「恐らく、針で刺されるような痛み、でしょうか。そんな印象を受けますわ……」

「あんたにはどんな風に見えてる？」

「全身に茨が絡んで突き刺さっているようですわ……。痛みを伴うものと知っていると、クレア様が耐えている姿はあまり正視していたくはありませんわね……」

「確かに……愉快な光景じゃなさそうだね」

成り行きを見守っているロナとセレーナが小声で言葉を交わす。手助けできることはない。変に手を出せば術や集中を乱すことに繋がるからだ。

術を維持し続けるクレアと、祈り続けるスターオウル。両者を包む光が増していくのに従い、スターオウルの足に嵌《はま》った従属の輪にも輝きが絡んでいく。そして――。

ガラスが砕けるような音と共に従属の輪が割れて落ちる。

「……ふう」

クレアが脱力したように座り込むとセレーナが駆け寄った。

「クレア様、大丈夫ですか……!?」

「いやあ……開錠した瞬間に痛みも嘘みたいに引きましたが……中々しんどかったですね……。一度で外せて良かったです」

少女人形が安堵するように大きく息を吐く仕草を見せる。

「何度もやるのは確かに気が重くなるだろうね。ま、一度やっておけば次があった場合の参考になるだろうよ」

「従属の輪を着けさせる経緯が不当なものだった場合、というのもありそうですからね……」

そんな会話を交わしてから糸で作られた鳥籠が足場の止まり木部分だけ残して消失する。スターオウルは意外そうに首を傾げてクレアを見やる。

「きちんと開錠できたということは……彼らから解放されたいと思っていたと判断しました。念のために聞きますが、私達や王国の人達、冒険者ギルドに害を与えようという気はないですよね？」

クレアが尋ねるとスターオウルは首肯《しゅこう》する。それから床に降り、クレアの足元までぴょんぴょんと跳ねながらやってきて、お礼を言うように深々とお辞儀をする仕草を見せた。それを見たクレアは小さく笑った。

「上手く開錠できて良かったです。あなたはもう自由ですから、行きたいところに行っても良いんですよ。大樹海でいきなり自由にって言うのもなんですから、領都に行く時に一緒にというほうが良さそうですが」

クレアがそう言うが、スターオウルは頷いた後でクレアの近くに鎮座する。

「……それはクレアの近くにいたいってことかい？」

ロナが問うとスターオウルは肯定するように声を上げた。

「クレア様に恩返しをしたい、と」

「んー……。それも自由ですね。確かに」

少女人形のほうが苦笑しているような声で応じる。

「……助けられたからって言うなら、それも筋かね。そのためにここにいたいって言うのなら好きにするとよいさ」

「では——住処《すみか》や食事などは私のほうで対応します」

「ああ。ま、仲良くやんな」

ロナはそう言って手をひらひらと振る。

「さて。では住居作り等も考えなければなりませんが……あなたに名前はあるんですか？」

少女人形が首を傾げて尋ねると、スターオウルは首——というか身体を横に振った。仮に諜報活動をしていた魔物使いが付けた名前があったとしても、その名前に良い記憶がないのだろう。

「では、もし良かったらあなたに名前をつけても良いでしょうか？　スターオウルさんと種族名で呼ぶのも何か違いますからね」

そう言われたスターオウルはホウホウと鳴き声を上げ、身体を揺らすように大きく縦に振る。クレア達の目にはなんとなくテンションが上がっているようにも見えた。

「この子は男の子なのでしょうか？　それとも女の子なのでしょうか？」

「当人に聞いてみましょう」

クレアとセレーナが質問して雌雄を確かめていくと、どうやら雌であるということが分かった。

「うーん……。スピカ……なんてどうですかね？」

前世の記憶から星の名前が頭に浮かんだクレアであったが、提案するとスターオウルは嬉しそうに鳴きながら身体を縦に振り、翼を広げてはためかせる。梟なので羽音は静かなものだ。

「気に入っているようですわね」

「後は住居を考えていきましょうか」

「そうだねぇ……。山羊の小屋の隣か、あんたの部屋の隣に建て増しする感じになら作って良いよ」

「分かりました。ではスピカから希望を聞きつつ、色々考えてみますね」

「楽しそうですわね。お手伝いしますわ」

「ありがとうございます、セレーナさん」

そう言ってクレアとセレーナは声を上げるスピカと共に庵を出て、住居作りに着手するのであった。

それから暫く建て増しの作業を行い——出来上がったスピカの住居については、クレアの部屋の外壁部分に増築して小さな部屋をくっ付けるような形となった。スピカはクレアの部屋にも直接顔を出せるし、増築部分から外にも出られるという構造だ。

それなりに広々としており、身体が梟にしては大型のスピカでも十分に寛げるようなスペースとなっている。建て増ししてもらったスピカも満足げで、早速落ち葉や枝などを集めて住居内に居心地のいい巣を作り始めていた。

スピカの住居を作ったり墓守の残骸を安全に管理するために容器に魔法的な処置を施したりと……数日の間、日常生活と修行の傍らで遺跡事件後の後始末をしていたクレア達であったが、やがてそれも終わる。

調査隊も領都に到着し、事後の報告や後始末も進んでいる頃合いだろうと、クレア達も領都へと向かうこととなったのであった。

「――出る前にも言ったが、生きた魔物を人里へ連れて行くときは目的に応じた登録が必要でね。魔物使いや召喚術師のように、魔物を仲間として扱うのなら、従魔としての登録が必要になる」

「いずれにせよ人里では檻に入れたり繋いでおいたりといった措置が必要になりますわ。スピカは小人化も受け入れてくれますから普段はこう、襟のあたりに隠れてしまえますが街中に入る際はきちんと姿を見せておく必要がありますわね」

というとスピカは問題ないというように一声上げる。小人化の呪いも、それを相手が受け入れていて自由意思で解除できるという調整をするならば呪いに付随するリスクはない。小人化していることでの別の危険はあるが、小鳥サイズになってクレアの襟や袖の中に隠れてしまえるというほうがメリットだ。

「では……スピカには村や領都に入る際には、少し不便な思いをさせてしまうことになるかと思いますが」

クレア達の会話に、スピカは一声鳴いて応じた。

スピカに言わせれば魔物使いの下で使われていた時も不便だったのだ。従属の輪のような制限がないどころか、庵にいる際には好きな時に自由に狩りに行ってもいいし、そうしなくても食べ物と綺麗な水が出てくるという今の状況は、前と比べれば格段に自由だ。

そもそもクレアに恩義を感じているというのも事実なのである。人里に入る時に大人しくしているところを見せるぐらい、どうということもないものだった。クレアの衣服の中に隠れるのは——木の洞に隠れているようで割と落ち着くというのがスピカの感想である。

スピカの声色から待遇に不満はないということはクレア達にも伝わったようだ。

クレアはスピカと付き合っていくにあたり、鳴き方や合図、手信号、仕草等によって日常や狩りといった状況に合わせてある程度の意思疎通や連係ができるように、まずスピカの声色で肯定や否定の意思を定めるところから始めているのだ。

森歩きや隠蔽結界のタリスマンを組み込んだ足輪を渡されており、今のスピカの森の中での飛行は更に自由度が上がっている。クレア達の少し前や森の上空を飛んで、周囲の状況を探りながらも先導するように進んで行く。元々飛べる種族であるスターオウルは、大樹海上空を飛んでも天空の王の狩りの対象とはならないのだ。探知魔法とは別の手段で広い範囲の偵察ができる。見渡せる範囲で異常があれば戻って鳴き声で知らせる、というわけだ。

そうやってスピカを新しく加える形で魔物を回避しながら進んで行き、やがて……一行は大樹海を抜けたのであった。

いつものように村に立ち寄ってポーションを売り、それから箒に乗ってクレア達は領都へと向かう。スピカも随伴するように飛行し、歌うように鳴き声を上げたり、偶《たま》にクレアの箒に止まって休んだりしていた。

「スピカも活き活きしていて、良かったですね」

「自由に空が飛べて楽しそうですわ」

そんなスピカを見てうんうんと首を縦に振る少女人形と微笑むセレーナである。楽しいというように、肯定の鳴き声を返すスピカ。

スピカも交えて箒の飛行訓練もしつつ進んで行けば領都も見えてくる。

ある程度近付いたところで箒から降りる。スピカの足輪とリードを繋ぎ、肩に止めさせて普段は肩が定位置になっている少女人形のほうは腕で抱える。猛禽の爪も、クレアの場合は糸魔法で止まらせる服の部位を補強してやればいいので特別な装具は必要としない。

「こんな感じで大丈夫ですかね？」

「問題ないだろうよ。門のところで従魔登録をする必要がある。飼い主が冒険者ならギルドで更に登録が必要になるがね」

「じゃあ、スピカは門での登録ですね」

そう言いながら領都に入る列に並ぶクレア達。領都には何度も来ているということもあって門番達もすっかり顔馴染みだ。軽く挨拶をして従魔登録をしたいということを申し出ると、詰所の中に案内されて手続きが進められていった。

「これが従魔の登録証明書だな。こっちの布は従魔を街で連れ歩く時に、どこか従魔の見えるところにつけておく必要がある。どちらも紛失した場合はすぐに申し出てくれ」

「分かりました」

赤い布が付いた紐だ。布の端には番号が刺繍されており、証明書にも布と同じ番号が記載してあるという形式であった。

特に魔法がかけられているものではないからそれ自体の偽装は不可能ではないのだろうが、街に出入りする従魔自体それほど数が多くない。召喚術師であれ魔物使いであれ、それなりにレアなため、通達が回れば兵士達が情報を共有することは可能である。

「冒険者ならばギルドでの登録でもこの証明書と布が必要となる。クレア嬢は冒険者ではないが、念のために伝えておこう」

「ありがとうございます」

クレアが少女人形と共にお辞儀をすると、スピカもそれに倣うような仕草を見せる。

「はは、賢い魔物だな」

それを見た門番達は少し笑ってから、領都に入っていくクレア達を見送る。ロナの後を追う途中で少し振り返り、門番達に手や翼を振って街中に去っていく少女人形やスピカと、一礼して去っていくセレーナを、門番達は微笑ましそうに見送った。

「まずは……そうだね。今回のはちょっと込み入った話になりそうだ。ギルドにも都合があるだろうし、あたしらが到着したことと泊まる宿だけは伝えて向こうに予定を組んでもらうか」

「では――宿をとったら一先ずは自由行動ですね」

「その時にお買い物にも行けますわね。うふふ……」

「お、お手柔らかに」

セレーナは嬉しそうに笑い、少女人形が手を前に出してぱたぱたと振る。ロナは軽く苦笑してそれを眺めるのであった。


「こんにちはー」

「ああ、いらっしゃい」

宿を取り、ギルドに一先ずの連絡を入れてからクレア達は予定通り顔馴染みになっている店に向かった。仕立て屋の店主はクレア達の姿を認めると親しげに微笑む。

「あたしもお邪魔するよ。弟子が普段世話になってるらしいね」

「これは――魔女様でしたか。いらっしゃいませ」

ロナが言うと店主が応じる。クレアが黒き魔女の弟子というのは、それなりに親しくなっている店主も知っていたが、ロナ本人とは面識がなかったので来店してきたのは少し驚いた。

「今日は――人形用ではなくクレア様の衣服を見に参りましたわ」

「人形の服ばかり凝って自分は後回しってのが、ちょっと心配になったもんでねぇ」

セレーナとロナの言葉に店主は目を瞬かせ、クレアに視線をやったりしていたが、やがてその内容を咀嚼《そしゃく》したのか、目を閉じて頷く。

「そうでしたか。何かお力になれることがありましたらお聞きください」

「クレア様は魔女風の服装を気に入っていらっしゃいますから、基本はその方向で色々考えてみるというのは如何《いかが》でしょう」

「そうだねぇ。普段行動する分にはそういうほうが違和感もないだろうよ」

セレーナが言うとロナも頷いて、早速セレーナとロナに店主を加えてクレアに似合いそうな服を見繕うこととなる。

「目立たないほうが、と本人は仰っていますが、やはり晴れの日はというところはありますわね」

「そうさね。その辺は状況によっても変わってくるもんだ。この際、普段使い以外にも、軽く見繕《みつくろ》っておこうか」

「クレアちゃんがドレスを纏った姿……見てみたいですね」

「いやあ。まだ成長途中ですから、その辺も加味しておいたほうが――」

盛り上がっている面々に少女人形はおずおずと声を掛けるが、セレーナと店主のテンションは高いままだ。

「誰かに正式に人形繰りを見せる場があるとしたら、人形に対してもそれなりに釣り合いが取れてないとねぇ。舞台衣装みたいなもんだろ？」

「むっ」

ロナの言葉に、ぴくりと少女人形が反応を示した。心なしか真剣な空気を身に纏うクレアに、ロナは肩を震わせる。

「くっく、あんたは人形が関わると分かりやすいねぇ」

「ふふ。まあ、そこに理解がある人のするお話だからというのはありますよ」

隣で見ているスピカはそんなやりとりをするクレア達を興味深そうに眺めて短く声を上げるのであった。

店内で色々な服に着替えるとなっては顔を見せないというわけにもいかない。店主とは仲良くなっているので顔を見せても問題ないだろうと、クレアは魔女の弟子としての事情を伝えつつ帽子を脱いで店主にも顔を見せた。セレーナも弟子ではあるが、ロナがクレアはまだほんの子どもだから、と適当な理由をつけて誤魔化していたりする。

「えーと、こんな感じ、です」

人目につかないよう店の奥で帽子を脱いだクレアに、店主は「おー……」と、声を漏らしてから気を取り直すように「な、なるほど。分かりました」と応じた。

歳の頃は12、13ぐらい。普段通り表情には乏しいのがクレアだ。しかし、店主の目にはそこが逆に神秘的な雰囲気を醸し出しているように映った。

当人の内面を知るとまた印象も変わるが、初対面だとその容姿には少し気圧《けお》されるだろうなと、傍から見ていたセレーナは思う。

まずは普段使いの服装ということでクレアに合いそうな色合いを見ていくと、魔女風の方向性でというのは変わらない。暗めの紫や紺色といったアウターを基調に、インナーを明るい色にして全体のバランスを整える。

クレアの髪と瞳の色は偽装しているが、偽装前も偽装後も基本的には明るい色合いだ。どちらでも似合うものを考えるなら、服自体は暗い色を基調にしたほうが似合うだろう。

そうやって全体の方向性を決めてから刺繍やフリル、パフスリーブ等の装飾を入れることで細部の情報量を増やす——というのが人形作りでもクレアのやっている方法だ。クレアの持ってくる人形に使われている技法は店主にとっても良い刺激になっていて、それを参考にした衣服のお陰で最近は売り上げも伸びている。店主の作った新しい衣服が王都でも話題になり始めていたりするのだが……それはまた別の話だ。

「この糸を使ってここに刺繍を入れてですね……」

少女人形は指を差したり身振り手振りを交えて完成予想図を説明する。

「うーん。仕上がりが楽しみになるわね」

「出来上がったら見せに来ますね」

「楽しみにしているわね、クレアちゃん」

店主がにっこりと微笑む。普段採取や狩猟に使う服と小物には色々と魔法的に仕込むものが必要だ。そのためクレアは自作するつもりでいる。服を着替えたり生地を合わせたりして仕上がりを予想しながらも、布や糸を新しく買い込んでいった。囮人形にも着せるものも必要なので素材は多めになる。

その際に色々着せ替えの過程をセレーナ達も楽しんでいたりするが。

「さて。普段使いの物は良いとして。次は夜会だとか舞踏会用の服かね。折角だし髪型も変えてみるか」

「良いですわね……！」

「そういったドレスやリボンならクレアちゃんに似合いそうなものがありますよ……！」

ロナの提案に拳を握るセレーナと椅子から立ち上がる店主。そうして持ってきたドレスをクレアに着せたところで――それを見た三人から声が上がる。

普段使いの魔女服よりも鮮やかなブルーだ。立体的な製法や細やかな刺繍等が施されたそれは、この世界では先端的でありながらも奇抜とまではならず、結果としてクレアにはよく似合うドレスとして仕上がっている。

「おー、これは……」

「ほーう。似合うじゃないか」

「そ、そうですか？」

「先鋭的ながらも纏まりがあって素敵ですわ。しかも誂《あつら》えたようですわね……！」

「ふふふ。実はクレアちゃんの素顔を想像しながら、教えてもらった製法や人形を参考に作ったものなのよ。思った通り、似合っていて安心したわ」

帽子で顔は見えなくとも、体格と髪の色は分かっている。

新しいデザインを取り入れながらもサイズが丁度良く、後のことを考えて調整もしやすく作ってあるのは店主の腕が確かだからだ。

「いやあ、ここまでお膳立てをしてもらったとあらば、このドレスは是非買っておきたいところですね」

「お代はいいわ。それは気に入ってくれたなら、お礼として渡したいと思っていたの」

「えっ？　それは――このドレス、かなり手が込んでますよ？　生地だって良いものですし」

少女人形が驚いたように声を上げる。

「そうでなければお礼の意味がないもの。クレアちゃんはお得意様だし色々ヒントを貰っているし、私の服飾の師匠みたいなものとまで思っているのよ」

「それは……分かりました。ありがたく受け取らせてもらいます」

クレアは少し考えた後で、腹話術を介さずに言って頭を下げたのであった。

「確かに、受け取りすぎていると感じてのものならそれでいいのかもね」

そんなやり取りを見てロナが言うと、店主が「その通りです」と笑い、セレーナも微笑む。

「ふむ。それじゃ、髪型もいじっていくかね」

というロナの言葉を受けて早速クレアの髪をシニヨンに結ったりリボンで纏めたり、3人は色々な髪型を試してから、あれも良いこれも良いと、これが合う等とクレアやドレスに似合いそうな髪型の模索と研究を行う。

こういう経験が前世も含めてあまりないクレアとしては中々に大変ではあったが、みんなが楽しそうならいいか、と傍らの少女人形が静かに頷くのであった。

そのまま他の店にも足を運び、新しい魔女服やドレスに似合いそうな小物等も買ってからクレア達はロナと別行動となった。

ロナは領都に来た時はいつも通りだ。裏の情報を集めに少し治安の悪い場所に行くのだ。諜報員が捕まったとは言え……いや、だからこそ今の時期に動向を探るということなのだろう。

セレーナはと言えば、行商に実家への届け物を頼むということで、ロナから紹介してもらった商人ギルドを訪れていった。

商人ギルドを通して依頼を出すというのは荷物の無事を担保するためにかなり有効だ。魔法契約を締結して依頼を出せるからである。というよりも、魔法契約があるからこそ、いわば信用を売る商売が成り立っていると言えた。

預ける荷物が高額、多量になればなるほど依頼料、契約手数料も上がるが、そこはクレア達だ。大樹海の魔物の中でもあまり出回らないものを討伐しているということもあり、稼ぎは良い。月に1度送るものを選び、仕送り金額も調整して、依頼料、契約手数料が余り跳ね上がらないように調整しているセレーナだ。

とはいえ、セレーナと商人ギルドの魔法契約の場に第三者は立ち会えないということで、クレアも後で宿にて落ち合おうということで一旦別行動となった。

衣服などの買い物には付き合ってもらったから、今度は知識を増やすために書店を見に行ったり、露店を巡って人形用の小物がないか探したりしているクレアである。

流石に自分用の服やアクセサリーを選んでもらっている時に、人形用の素材を買っているのはどうかと思ったのでクレアも控えていたのだ。

襟元から顔を出して外を眺めているスピカの頭を指で軽く撫でれば、スピカも心地良さそうに小さく声を上げる。

そうやって街中を歩いていると、ふと子供の、短い悲鳴のような声が聞こえてきてクレアは足を止めた。そちらに視線を向け、声を漏らす。

「あれ、あの人——」

地面にうつ伏せになっている男の子がいて、そこに足早に駆け寄って屈み込んでいる人物がいた。

先日の遺跡調査で護衛についてくれたグライフだ。

グライフが助け起こした子供は、水溜まりで滑って転んでしまったのか、衣服が汚れている。その上、膝には擦りむいたような傷ができているのが見えた。

「あらら」

クレアも小さく声を上げると、そちらへと向かう。

「何か手伝えることはありますか？」

「——クレア嬢か。調査の時は世話になった」

声を掛けられたグライフはクレアの姿を認めると静かに答え、子供のほうに視線を向ける。転んだ少年は歳の頃にして8歳ぐらいか。親らしき人物の姿は見えない。転んだ膝が痛いのか、グライフに助け起こされながらも顔をしかめていた。

「足は——痛むだろうが、動かせるか？　足の他に痛む場所は？」

「痛い……けど、動くよ。手もちょっと痛い」

骨折の有無も確認しているのだろう。少年が足を曲げ伸ばしするのを見て、グライフは静かに頷いた。

「まずは傷口の消毒をしておきましょう。破傷風になったり化膿したりすると大変ですからね」

少女人形が指を立てて言う。クレアは手を翳して、驚いた顔で人形を見ている少年に向けた。ぼんやりとした光がクレアの手に宿ると手や膝の傷口についていた細かな石、泥汚れのようなものが浮き上がる。

「な、何……魔法？」

「そうですよー。私は見習い魔女なので。これは浄化の魔法ですね」

少女人形が得意そうに腰に手を当てる。クレアがその手を握ると、ふっと燐光が消えて光の中に浮かんでいた泥や砂が地面に落ちた。

「破傷風、とは？」

「ええと、怪我をしてその部分に菌……毒素が入ると後で体調を大きく崩したりしてしまうというやつです。かなり危険だって記憶していますよ」

「ああ――」

グライフは何か心当たりや連想したものがあるのか、顎に手をやって思案しながら納得したように声を上げていた。

「怪我はポーションを使う程大袈裟なものではないですね。薬草で大丈夫でしょう」

クレアは鞄の中から薬草とすり鉢、乳棒を取り出すとその場で薬草をすりつぶし、少年の膝と手の傷の上に塗り込むようにしていた。

「痛……くない？」

「軽い痛み止めの効果もありますからね。このまま少し放っておけば傷も塞がります」

初級ポーションの原料になる薬草だが、ちょっとした傷の手当に便利なため、もっと高度なものを作れるクレア達の場合はポーションにせずそのまま用いることが多い。

「手際が良いな。助かった」

「ありがとう、えっと……」

「クレアと言います」

「ありがと、クレア姉ちゃん」

「いえいえ。しかし、この子はどこの子でしょう。近くに親御さんらしき方の姿も見えませんが」

「そこの孤児院の子だ。俺の知り合いだな」

グライフが通りの斜め向かいにある建物を指差した。

「グライフにーちゃんを見かけたから、驚かせようって思って追いかけたら転んじゃって……」

少年はばつが悪そうに言う。グライフは苦笑すると少年の髪をくしゃっと撫でて「気をつけろ」と言った。

「そこの子だというなら一先ずは安心ですね」

クレアの肩の少女人形がうんうんと頷いた。そんな人形の動きに少年が不思議そうな表情をする。

「動く……人形……」

「ふふふ。師匠から貰った人形で、操ることで魔法の修行にもなるので大事にしているんですよ」

そう言って少女人形の髪を撫でるクレア。

「しかし……この建物は孤児院だったんですね。中々立派な建物だったので、なんの建物なのかなと思ってました」

「トーランド辺境伯家が運営しているんだ。大樹海が近いと何かと大変だからだろうな」

「ああ。辺境伯家が運営しているというのは師から習っていました」

兵士や領民に限らず、冒険者にしても魔物が原因で命を落としてしまうという者がいる。残された遺族の面倒を辺境伯家が引き受けているということだ。

そういう対応も精兵が育つ土壌に繋がっているのだ。辺境伯は孤児達の職業訓練も行っていて、その中には兵士としての訓練を行うというものも含まれていた。

実際腕っぷしに自信のある孤児は兵士や冒険者を目指す傾向がある。面倒を見てくれる辺境伯家に対して忠誠を誓ったり郷土愛を持っている武官が多いというのはこういった事情があってのものである。

「なー。グライフにーちゃん、次はいつ遊びにきてくれるの？」

「そうだな……。近いうちに顔を出す」

「やった……！　みんなにも教えておくからな！」

嬉しそうな少年の様子に、クレアの口元に珍しく表情が浮かんだ。

「人気者なんですね」

「……年頃の子は兵士や冒険者に憧れがあるようだからな。ちょっとした用で孤児院に足を運んだことがあって、たまに足を運んで欲しいと言われた。だから、そうしている」

グライフはクレアの言葉にそう返した。

経緯を省いた言葉だが、また来て欲しいと言われるのはそれに値する内容があったからだろうし、それが継続しているのは子供達をがっかりさせないためなのだろうと、クレアは前世の自分が入院していた頃の記憶を振り返りながら思う。

「君とは多分、明日もまた会うことになりそうだな」

「明日？」

「領都に来ているなら、恐らく明日冒険者ギルドで話をすることになるだろう」

ロナ達が領都にやってきたら関係各所に話を通して集まるということになっていたらしい。だから領都から離れないようにと言われていたと、グライフはクレアに説明をしたのであった。


グライフ達と別れて宿に戻ったクレアであったが、ギルドからの伝言がロナに伝えられる。明日、朝食後に冒険者ギルドに顔を出して欲しいというものであった。

「グライフさんが言ってた通りですね」

「どこかで会ったのかい？」

「はい。孤児院の近くで」

「ああ……なんだか差し入れやら訓練の手伝いやらをしてるとは聞いたことがあるね」

だから子供に懐かれていたのだろうと、クレアは得心する。

遺跡の調査で話をした時も、グライフは率先して危険な役回りを引き受けていた。孤児達に親切にしていることも考えると、仕事以上のところで子供である自分を守ろうとしていたのかも知れない、とクレアは思う。職人肌で腕の立つ冒険者という印象も強いが、多分そういう優しさのある人物なのだろう。でなければ、子供にああして慕われたりはしない。

それにしても、と……子供を保護する施設というものに、クレアは懐かしさのようなものを感じる。

前世での子供時代は入院生活が長く、寂しい時間を過ごすことが多かったのだ。

だからパペッティアになってから、児童養護施設への慰問も何度か積極的に行っていた。

子供達に人形繰りを見せることで無邪気に喜んでもらえると自分も嬉しい。今の自分でも子供達に人形繰りを見せたら楽しそうだと、思いを巡らせてしまうのだ。

グライフから孤児院に話を通してもらえば、訪問もしやすいのではないだろうか。子供達もグライフからの紹介なら安心してくれるだろう。

そんなことを考えながらクレアは子供達に人形繰りを見せた時の反応を想像する。

「ふむ？　なんだか機嫌が良さそうじゃないか」

「んー。領都での楽しみが増えるような気がする、と言いますか」

ロナに尋ねられ、クレアはそう答えながらも口元に穏やかな微笑みを浮かべる。機嫌の良さそうなクレアにスピカが首を傾げる。

「ふふ。クレア様も上機嫌ですわね。街で何か良いことがあったのですか？」

「孤児院とグライフさんが懇意にしているようでして。そこに赴いて、子供達にも人形繰りを披露できそうかなと」

クレアが答え、一同納得したように顔を見合わせて笑うのであった。

《了》

あとがき

初めての方は初めまして。前作よりお付き合い頂いている方はお久しぶりです！

『魔女姫クレアは人形と踊る』1巻をお手にとっていただき、誠にありがとうございます！　小野崎えいじです！

この度、新作ということでパルプライド様の編集M様よりお声がけを頂き、魔女姫クレアの書籍化と相成りました。

魔女姫クレアは深い森に住む魔女のお話を書きたいなと思い立って書き始めました。古代遺跡のある大樹海という舞台。人形のような無表情な魔女、というイメージから膨らませていき、人形使い、糸使い、感情が人形に出るといったキャラクター付け、その師匠や友人、仲間や出生に関して……と色々なものができていった感じです。

イラスト、キャラクターデザインはdaichi先生に担当して頂きました！

カバーイラストやキャラクターデザインも作者の特権ということで一足先に拝見しておりますが、やはり書影やイラストになったキャラクターを見るとテンションが上がるものですね！　カバーイラストも明るい雰囲気で可愛らしく、どの人物のキャラクターデザインも格好良くて、作者としても実際の書籍が出来上がるのを楽しみにしております！

魔女姫クレアを執筆し始めてから1年と少しという頃合いになりますが、お話自体は考えていたものを進めていけているのかな、と。

このまま書き続け、皆さんに楽しんで頂けるような物語をお届けできたらいいな、と思っております！

前作程には長いお話にはならないかなとは思いますが、応援頂けましたら嬉しく思います！　では

では！

小野崎えいじ

唯一無二の最強テイマー
～国の全てのギルドで門前払いされたから、
他国に行ってスローライフします～
原作：赤金武蔵　漫画：田村紘一
キャラクター原案：LLLthika
異世界還りのおっさんは
終末世界で無双する
原作：羽々音色　漫画：ダンタガワ
ジャガイモ農家の村娘、
剣神と謳われるまで。
原作：有郷　葉　漫画：たぢまよしかづ
キャラクター原案：黒兎ゆう

雷帝と呼ばれた
最強冒険者、
魔術学院に入学して
一切の遠慮なく無双する
原作：五月蒼　漫画：こばしがわ
キャラクター原案：マニャ子
どれだけ努力しても
万年レベル0の俺は
追放された
原作：蓮池タロウ　漫画：そらモチ
モブ高生の俺でも冒険者になれば
リア充になれますか？
原作：百均　漫画：さぎやまれん　キャラクター原案：hai
COMIC
NoVA
ノヴァ
https://www.123hon.com/nova/
話題の作品
続々連載開始!!

転生貴族の異世界冒険録
～カインのやりすぎギルド日記～
原作：夜州
漫画：香本セトラ
キャラクター原案：藻
レベル1の最強賢者
原作：木塚麻弥
漫画：かん奈
キャラクター原案：水季
我輩は猫魔導師である
原作：猫神信仰研究会
漫画：三國大和
キャラクター原案：ハム

捨てられ騎士の逆転記！
原作：和田 真尚
漫画：絢瀬あとり
キャラクター原案：オウカ
身体を奪われたわたしと、
魔導師のパパ
原作：池中織奈
漫画：みやのより
キャラクター原案：まろ
バートレット英雄譚
原作：上谷岩清
漫画：三國大和
キャラクター原案：桧野ひなこ
コミックポルカ
COMICPOLCA
話題のコミカライズ作品を続々掲載中！
毎週金曜更新
公式サイト
https://www.123hon.com/polca/
Twitter
https://twitter.com/comic_polca
コミックポルカ
検索

キラキラネームの『破滅の闇聖女』にはなりません！
[著]葉月クロル Chlor Haduki
[イラスト]にもし Nimoshi
1巻発売中！
©Chlor Haduki

[AUTHOR]
虎戸リア
Tratto Ria
[ILLUSTRATOR]
シソ
Siso
「先日救っていただいたドラゴンです」
SENJITSUSUKUTTEITADAITA DORAGON DESU
押しかけ女房してきた美少女と、
隠居した元Sランクオッサン冒険者による辺境スローライフ
1巻
発売中!

魔女姫クレアは人形と踊る 1
～身の回りで大国の陰謀やらが蠢いてますが、ぶっ潰して大切な人達と平穏で幸せに生きたいと思います～

発　行
2024 年 10 月 15 日　初版発行

著　者
小野崎えいじ

発行人
山崎　篤

発行・発売
株式会社一二三書房
〒101-0003　東京都千代田区一ツ橋 2-4-3 光文恒産ビル
03-3265-1881

編集協力
株式会社パルプライド

印　刷
中央精版印刷株式会社

作品の感想、ファンレターをお待ちしております。

〒101-0003　東京都千代田区一ツ橋 2-4-3 光文恒産ビル
株式会社一二三書房
小野崎えいじ 先生／ daichi 先生

Printed in Japan, ISBN 978-4-8242-0308-3 C0093
※本書は小説投稿サイト「小説家になろう」（https://syosetu.com/）に
掲載された作品を加筆修正し書籍化したものです。